坪田譲治名作選

坪田理基男・松谷みよ子・砂田 弘 編

魔法

石倉欣二・絵

小峰書店

坪田譲治名作選

魔法——目次

魔法

正太《しょうた》の汽車

「兄さん、あした学校へ行くの。」

と、夜ねる時、弟がたずねました。

「なぜ。」と、正太《しょうた》がきくと、

「だって、ずいぶん雪が降《ふ》ってるんだもの。」

と、弟が言いました。すると、正太が、

「幾《いく》ら降《ふ》ったっていいさ。僕《ぼく》なんか、汽車に乗って行くんだもの。」

と、言いました。

「だって、汽車なんかないじゃあないか。」と、弟がたずねますと、

「造《つく》ればあるよ。」と、正太《しょうた》が言いました。そこで、弟が
「造るの。」と、ききますと、正太は、

「そうさ。」と、言いました。

弟は、兄さんが、どんな汽車を造って、あした学校に乗って行くのかしらと考えました。

あんまり一生懸命《いっしょうけんめい》汽車のことを考えていたので、その夜は大きな汽車が玄関《げんかん》についている夢《ゆめ》などを見ました。

が、あくる朝、玄関に出て、兄さんの学校へ行く処《ところ》を見ていますと、兄さんの正太は、車掌《しゃしょう》さんのように片手《かたて》を上にあげました。

「学校行きが出ます。小学校行き。お忘《わす》れもののないように。」

斯《こ》う言うと一緒《いっしょ》に、「ピー――。」と笛《ふえ》のような真似《まね》をしました。それから、「ポッポッポッ。」と、言って、口から湯気《ゆげ》を出し、両脇《りょうわき》にあげた手を汽車の機械《きかい》のように動《うご》かし始《はじ》めました。

すると、直《す》ぐに正太の汽車は門の方へ雪の中を走り出しました。

「なんだ。汽車って、兄さんじゃあないか。」

弟がこういっている内に、もう正太の汽車は時々ピーピー笛を鳴らしながら、路《みち》の遠くに

雪を蹴《け》ちらして見えなくなってしまいました。

蛙《かえる》

「ぼくが眠《ねむ》っていたら、ゆうべ、あのまどの所《ところ》で、いつかねえさんに作ってもらった雪の兎《うさぎ》がないていたよ。」

朝おきると、正太《しょうた》が、こんなことをねえさんにいいました。

だって、冬の間、ひさしくあけなかった北のまどの外では、おぼんに乗《の》せた雪の兎が北風に吹《ふ》かれて、かたくこおって、吹きよせた雪の中に、ながい間寒《さむ》そうにうずもれていたからであります。

「うそよ。」

ねえさんは、ほんとうにしませんでした。

しかし、正太《しょうた》は、どうしてもほんとうだといってききません。

それで、二人《ふたり》は、まどの下へ行って、耳をすまして聞いていました。するとどうでしょう。

「ころころ、ころころ。」

という声が聞えて来ました。

「そら、ね、ないているでしょう。兎《うさぎ》だよ。」

正太がまどの方をゆびさして、ねえさんのかおを見ました。

「ころころ、ころころ。」

ねえさんもおどろきました。

「ほんとうに兎かしらん。」

そこで、にいさんを呼《よ》んで来ました。にいさんは、そのなき声を聞くと、

「よし。」

と、いって、すぐ、そこの雨戸をひらきました。

すると、まどの外には、もう、雪も消《き》えていて、兎と思ったおぼんの上には、一ぴきの雨《あま》

蛙《がえる》が乗《の》っかっておりました。

「なあんだ。」

みんなが大笑《おおわら》いをしました。雨蛙《あまがえる》はその声におどろいて、兎《うさぎ》のように、ぴょんと、へやの中にとびこみました。そして、ぴょん、ぴょんと、たたみの上をとんで歩きました。

「兎、兎。」

正太《しょうた》が喜《よろこ》んで、その後を追《お》っかけました。

ひさしぶりでひらいたまどからは、春の風が吹《ふ》きこみました。そして、まどの外では、もういろいろの花がさきかけておりました。

河童《かっぱ》の話

晩《ばん》の御飯《ごはん》がすむと、後のお茶をのみながらおじいさんは嬉《うれ》しそうに何だか考えこんでおりました。おじいさんは実《じっ》は今日《きょう》も話がしたかったのです。子供等《こどもら》もおじいさんのその顔を待《ま》っていました。だから御飯がすんでも、三人ともおじいさんのそばでおとなしく坐《すわ》っていました。

「おじいさん、話は——」

おじいさんは、子供等にこう催促《さいそく》されるのが実は好《す》きでした。話したくても、それまではいつもゆっくりお茶をのんでいました。

「早くしてちょうだい。」

次《つぎ》の弟の善太《ぜんた》はせっかちでした。だから坐《すわ》っていても落《お》ちつかないで、ピョンピョン飛《と》ぶような恰好《かっこう》をしておりました。

「じゃあ一つやるかな。」

おじいさんはのんでしまったお茶の茶碗《ちゃわん》を下に置《お》きました。

「うん、長い長いの。」

「長いの――」

「そうナカイナカイの。」

末《すえ》の弟の三平《さんぺい》までが、廻《まわ》らぬ舌《した》で真似《まね》をして、よちよちおじいさんの膝《ひざ》の上に腰《こし》を下ろしに行きました。

「ところでと――」

おじいさんが話し始《はじ》めました。

「どんな話――」

「おじいさんの小さい時のこと。」

「じゃあ、河童《かっぱ》の話でもするかな。」

「うん、河童《かっぱ》の話――」

「じゃね、おじいさんの小さい頃《ころ》、おじいさんのお家《うち》は田舎《いなか》の、田舎の草の大へんに茂《しげ》った村にありました。」

「どんなに茂ってた――」

「それはもう人の背《せ》だって埋《う》まるくらい、それにお家の屋根《やね》の上にだって、ぼうぼう草が茂っていた。」

「ふーん、深《ふか》い草だねえ。」

子供等《こどもら》は代《かわ》る代る感心《かんしん》したりたずねたりいたしました。

「ところで、その村は大きな野原の中にあって野原には田圃《たんぼ》が続《つづ》いていた。田圃には川が流《なが》れていた。」

「どんな川、大きい、小さい――」

「それは小さいのもあれば、大きいのもあり、いくつもいくつも流れていた。川のふちには大抵柳《たいていやなぎ》が茂っていて、遠くから見れば、水は見えなくとも、うねうね柳がつづいているので、川のあるということがわかったくらいだ。そしてその川には水草が大変《たいへん》に茂っていて、白い花や黄ろい花が咲《さ》きそろっていた。その水草の中をたくさんの魚が泳《およ》いでいた。それから、その野原には、ところどころに丘《おか》があって丘には大抵《たいてい》一本の大きな歳《とし》とった樹《き》が一ぱいに茂《しげ》った草の中にたっていた。またそこには小鳥がたくさん飛《と》んでいた。春から夏の初《はじ》めその丘から雨の後など大きな虹《にじ》が立ったりした。ところでおじいさんは小さい頃《ころ》、魚をとるのが好《す》きだった。」

「その時分、おじいさん、汽車あった――」

「うん、そう汽車はもうあったよ。明治《めいじ》の初め頃《ころ》だからな。だけどまだ出来たばかりで、おじいさんの村の近くを――一筋《ひとすじ》だけだよ。今の汽車は複線《ふくせん》といって、大抵どこでも上りと下りの二つの鉄道《てつどう》がついている。だけど、その頃おじいさんの田舎《いなか》を通っていた鉄道はたった一筋だけ、それに村の近くを汽車が通っていたというきりで、おじいさんなんか十五になるまで、それに乗《の》ったことはなかった。」

「なぜ――乗ればいいじゃないか。」

「それがお前――今とちがって停車場《ていしゃば》が近くになかった。停車場のある町まで行くのには、どうしても一日歩かねばならなかった。だが汽車というものが恐《おそ》ろしい勢《いきおい》で煙《けむり》を吐《は》いて通って行くのを、おじいさんなんか、小さい頃《ころ》は、眺《なが》めているきりだったが、乗《の》らないで見てばかりいると、汽車はとても恐《おそ》ろしいものなんだ。おばけなんかより、もっともっと恐ろしかった。それに通るたって、一日に二度《ど》か三度しか通らなかった。」

「ふーん。」

「ところで、おじいさんは小さい時、魚をとるのが好《す》きだった。ね、で或時《あるとき》釣棹《つりざお》をもって、田圃《たんぼ》の川へ釣りに出かけた。線路《せんろ》の鉄橋《てっきょう》の下にそれはいい釣り場があった。その川は流《なが》れがゆるいせいか、柳《やなぎ》や水草に水が隠《かく》れているところが多かったのだが、鉄橋の下のところで丁度《ちょうど》畳《たたみ》三畳《じょう》くらいのところが鏡《かがみ》のように草の間から水がのぞいていた。そこで天気のいい日には、いつでも魚が跳《は》ねていた。フナやハヤ、時にはエビやナマズなどが、とても嬉《うれ》しそうに水の上に跳ね躍《おど》っていた。おじいさんはそこは魚の遊《あそ》び場だろうかと思って、その跳ねるのが面白《おもしろ》くて一人《ひとり》でいつも出かけて行った。草や柳の葉《は》かげからそっと釣棹を突《つ》き出して、息《いき》をひそめて水の上を見ていると、フナは短《みじか》いからだをまん円くなる程曲《ほどま》げて跳上《はね》るし、ナマズはヒゲを口の両側《りょうがわ》に長く垂《た》らしてすうーと水の上に浮《う》いて来る。エビはまたとてもいそがしく何度《なんど》も跳ね返《かえ》す。その音がピチピチピチピチピチとして、水が四方に飛《と》び散《ち》るよ。だけど一とう高く飛《と》んで、上から垂《た》れている柳《やなぎ》の葉《は》に届《とど》くように跳《は》ね上るのは、何といってもハヤという魚だ。時には柳の枝《えだ》に引っかかることさえあるものね。」

「おじいさん、その時網《あみ》を持《も》ってて下で受《う》けてればいいじゃないか。」

「うん、それはいいが、まあ、お聞き。そこでおじいさんが河童《かっぱ》にあった話なんだよ。で、ある時いつものようにおじいさんは魚の跳ねるのを眺《なが》めて釣《つり》をしていたんだ。ところがどこから来たのか、鉄道《てつどう》をおじいさんの方へやって来るものがあったんだ。線路《せんろ》工夫《こうふ》か、それともそのへんのお百姓《ひゃくしょう》かと思って、おじいさんは初《はじ》めちっとも気にとめなかった。何だか帽子《ぼうし》のようなものを冠《かぶ》っていたようだったからね。だからその方を別《べつ》に見もしないで、ピクピク動《うご》くウキに気をとられていた。と、その男はズンズン鉄橋《てっきょう》を渡《わた》ってこちらにやって来て、黙《だま》って鉄橋のまん中のレールの上に腰《こし》を下ろしてしまった。そして足を水の上にぶら下げた。その時でもまだおじいさんは工夫か百姓のように思っていた。その内おじいさんはそのぶら下った足に気がつくと、もうその男の方が見られなくなってしまったんだ。その足は、人間の足じゃないんだ。爪《つめ》が鋭《するど》く延《の》びていてね、水にぬれた毛が生《は》えていた。またね、おじいさんに見るともなく見えるその顔が人間の顔でないらしいんだ。蓮《はす》の葉っぱを冠っている頭から長い毛がのぞいているし、まん円い眼《め》もその間からのぞいている。おじいさんはもうどうも出来なくなってしまった。」

「どうしたの、それから。」

正太《しょうた》も善太《ぜんた》もここで膝《ひざ》を乗《の》り出してききました。

「ウキが動《うご》いても、風が吹《ふ》いても、おじいさんはただ水の上ばかりを見つめていたよ。実際《じっさい》その間に棹《さお》もあげないのに一匹《ぴき》フナがかかっていて、しきりにウキを引きこんでいた。それにまた何度《なんど》も何度も風が吹いて来て、柳《やなぎ》の葉《は》がおじいさんの顔を撫《な》でた。それからまた午後のことだから、日がしきりに照《て》っていた。それでもおじいさんは動けなかった。ところがその時丁度線路《ちょうどせんろ》のレールがピキンピキン鳴り出した。汽車がやって来たのだ。おじいさんは、ほっとした。汽車が来れば、そいつ、どこかへ逃《に》げてしまうと思ったから。その汽車はだんだん近づいて、おじいさんは機関車《きかんしゃ》の頭が、向《むこ》うの草の間から見る見る大きくなってやって来るのを見たのだが、それでもそいつはやはり鉄橋《てっきょう》の上から水の中をのぞきこんでいた。それもちょっとのことで、すぐ汽車は鉄橋の上をゴーッとはげしい勢《いきおい》で通って行った。が、轢《ひ》かれるだろうと思ったその男は、汽車の通る内は影《かげ》も姿《すがた》も見えなかった。それなのに汽車が通ってしまって、鉄橋《てっきょう》の上が明るくなると、もうそこにちゃんと、水をのぞいている元のままで腰《こし》をかけていた。おじいさんは恐《こわ》いのも忘《わす》れて、そいつをじっと眺《なが》めていた。だって、あまり不思議《ふしぎ》だから。」

「おじいさん、そいつ、おじいさんに嚙《か》みついた、えッ、嚙みつかなかった――」

せっかちの善太《ぜんた》は、もうこんなことをきき出しました。

「いいから、まあ聞いておいで。ね、それから汽車が遠くへ行ってしまうと、その男は両手《りょうて》を合せて、水をくむような恰好《かっこう》をして、それを川の上に突《つ》き出した。妙《みょう》なことをすると思っていると、水の中から一匹《ぴき》のフナがピョンと飛《と》び出して来た。男はそれをヒョイとその手で受《う》けて、受けたと思うと、もうすぐ口へ持《も》って行ってムシャムシャと食べてしまった。食べてしまうと、また両手を水の上に突き出し、首を縮《ちぢ》めて、魚の飛《と》んで来るのを狙《ねら》うような恰好をする。すると、魚がまたピョンと飛び上って来た。それをヒョイと受けて、またすぐ口に持って行く。何度《なんど》でも何度でもそのありさまだ。それは魚が水から飛び出すのでなくて、そいつが水から魚を引き出しているようにしか思えなかった。

そのつぎに水の中を見て、おじいさんは実際《じっさい》そいつが魚を水から引出していることがわか

った。だって、その時水の中に何とたくさんの魚が集《あつま》っていたことか。中にも一匹《ぴき》の大きなナマズがウネリウネリと水の中を泳《およ》いでいるありさま、そしてそれを沢山《たくさん》の小魚が集って眺《なが》めているありさまは、王様《おうさま》の踊《おど》りをでも眺めているようだった。*1三尺《じゃく》もあるような、そのナマズは長いヒゲを凧《たこ》の尾《お》のように口の両側《りょうがわ》に引《ひ》っ張《ぱ》って、底《そこ》にもぐったり、上に浮《う》き出したり、水の上を輪《わ》を作ってグルグル廻《まわ》って見たり、その大きな口を開けて見たり閉《と》じて見たり、だが、その間鉄橋《てっきょう》の上の不思議《ふしぎ》な男は両手《りょうて》をじっと突《つ》き出して、いつまでもいつまでも狙《ねら》いを定《さだ》めているように、そのナマズをにらみつけていた。その内ガバッと水音がしたと思うと、もうその大きなナマズを、その男はつかまえて口に持《も》って行っていた。持って行くどころかバタバタ跳《は》ねるナマズの頭をガリガリガリガリかじっていた。

その頃《ころ》おじいさんの田舎《いなか》には、まだ大きな鳥がたくさん住んでいて、野原に出ても、高い樹《き》を見ればその頂《いただ》きに、きっと鷹《たか》や鳶《とび》のような鳥が一羽《わ》か二羽はとまっていた。そんな鳥はとても眼《め》がよく見えるんだから、どんな遠いところでも、魚の跳ねているのなど見つけると、すぐ樹の頂きからすうッと空の上に飛《と》び出して来て、とても素早《すばや》く魚のそばに下りて来る。その時も丁度《ちょうど》そんな一羽の鳶が、その男のナマズを食べているのを見つけたと見えて、上の空に来て、グルグル舞《ま》い始《はじ》めた。すると、魚には強くても、その男は鳶《とび》は恐《こわ》いのか、妙《みょう》にうろたえて、片手《かたて》を頭の上にあげて鳥を追《お》うような形をした。それからあたりをキョロキョロ見廻《みまわ》して、何だかわけのわからない鳴き声のような声を出した。」

「何て、おじいさん、何ていった――」

「さあ、何だかおじいさんにはキュールキュールと聞えたんだが。そうすると、どこから来たのか、二匹《ひき》の蟇《がま》がノソリノソリと這《は》って来て、そいつの両側《りょうがわ》に這いつくばった。その男はそれで鳶も恐くなくなったか、おちついてナマズを食べ出した。ところが両側にいた二匹の蟇はその男の口からナマズの骨《ほね》や腹《はら》わたなどがこぼれ落《お》ちるので、すぐそれに飛《と》びつき、二匹でそれを争《あらそ》って食べ始《はじ》めた。しかし不思議《ふしぎ》なことに鳶は蟇が出てからは空の高いところへのぼって行きそこでのんきにピロロピロロと鳴いていた。その内その大きなナマズを食べてしまうと、そいつはもうたくさんになったらしく、両手を延《の》ばしてのびをしてそれから立ち上って、ノソノソともと来た方へ歩き出した。蟇もその後について、ピョンピョンと飛んで行った。がすぐにみんな向《むこ》うの草の中にかくれてしまった。」

「それからどうしたの。」

「うん、それから風が吹《ふ》いて、ザアザア草や柳《やなぎ》の葉《は》がその白い裏《うら》を返《かえ》した。そして気がついた時にはもう西の空がまっ紅《か》になって、おじいさんの村の方もぼうッとなって、日が暮《く》れかけていた。」

「それから――」

「それからおじいさんは内に帰りたいと思っても恐《こわ》くて帰れない。どうしようかどうしようかと思っている内に遠くで声がして来た。オーイオーイ、平作《へいさく》平作ッて呼《よ》んでいる。おじいさんの兄さんやお父さんが提灯《ちょうちん》をとぼして迎《むか》えに来てくれた。そこで、おじいさんは、お父さん――ッて、お父さんの方へ走って行った。」

「ハハハハ。」

これを聞くと、正太《しょうた》も善太《ぜんた》も笑《わら》い出しました。こんなに年とったおじいさんにも、そんなに子供《こども》の頃《ころ》があったかと思ったからであります。

しかし三平《さんぺい》はおじいさんの膝《ひざ》でもうグーグー眠《ねむ》っていました。

「では、また明晩《みょうばん》のお話。」

こう言って、おじいさんは立ち上りました。

＊1　三尺……長さの単位。一尺は約三十センチ。

雪という字

岡《おか》にも畑《はたけ》にも、一面《いちめん》に雪が降《ふ》っていた。通る人もなくて、ドンヨリ曇《くも》った空が雪の原の上に垂《た》れ下っていた。その原の上を一羽《わ》のからすが飛《と》んでいた。疲《つか》れているのか低《ひく》い空を飛《と》んでは雪の上に下り、低い空を飛んでは下りしていた。

その原の一方に岡の上に雪を冠《かぶ》って二階《かい》の家が立っていた。その二階の窓《まど》を開けて一人《ひとり》の子供《こども》が顔をのぞけ、久《ひさ》しく外の景色《けしき》を眺《なが》めていた。煙《けむり》が土煙《つちけむり》のような雲間をもれて、その時夕陽《ゆうひ》がかすかに子供の顔を照《てら》した。子供は善太《ぜんた》といった。

その晩《ばん》、茶の間の明るい電燈《でんとう》の下で、善太の兄と姉とがいい合っていた。

「姉さん、山っていう字知ってるかい。」

「知ってるわ。そんな字なんか。やさしいじゃあないの。」

「それじゃあ、人って字知ってるかい。」

「猶《なお》やさしいじゃあないの。」

「ええと、それじゃあ――。」

善太《ぜんた》の兄の正太《しょうた》は考え込《こ》んだ。彼《かれ》は今小学校の二年で本字《*1ほんじ》を習《なら》い始《はじ》めたばかりである。と、善太が側《そば》から口を出した。

「兄チャン、雪っていう字知ってるかい。」

「ゆき？」

正太は一寸返事《ちょっとへんじ》につまった。

「そうれ、知らないだろう。」

善太が面白《おもしろ》がってひやかした。

「じゃあ、善太知ってるかい。」

「知ってるさ。」

「こいつ、母さんに教わったな。」

「母さんなんかに教わるかい。」

「じゃあ、姉さんに教わったな。」

「だれにも教わらないよ。」

「教わらなくて解《わか》るかい。」

「それが解ったんだ、僕今日《ぼくきょう》見たんだもの。」

善太《ぜんた》は頭を振《ふ》り立てて大得意《だいとくい》である。

「ヘッおかしな奴《やつ》だなあ。見て解ったの。」

すると、善太がいうのである。

「僕ね、今日、二階《かい》の窓《まど》からのぞいてたんだよ。そうすると、外の原っぱに書いてあったよ、大きな字で、ゆきって。こんなに大きな字で。」

善太は両手《りょうて》を一杯《いっぱい》に拡《ひろ》げて見せた。

「ホ、ホウ、こいつ旨《うま》くうそついてやがるなあ。そんなことあるかい。」

正太《しょうた》は信《しん》じなかった。

「ホントだよ。ホントなんだよ。」

善太《ぜんた》は大真面目《おおまじめ》である。結局《けっきょく》母に双方《そうほう》から訴《うった》えた。

「母さん、そんなことがあるかねえ。」

「あるねえ、母さん僕《ぼく》見たんだもの。」

「さあ——。」

お母さんは唯《た》だニコニコしていた。そこで正太《しょうた》は勢《いきお》いこんでいいだした。

「じゃあ、ゆきっていう字書いて見ろ。」

「ウン、書いて見る。」

「ようし、書かなかったら承知《しょうち》しないから。」

正太《しょうた》は机《つくえ》の所《ところ》に駆《か》けつけ、紙と鉛筆《えんぴつ》をとって来た。

「ソラ！」

「書くとも、見たんだもの。」

ここまでは大変《たいへん》な元気だったが、さて紙に向《むか》って見ると、善太は頭を傾《かたむ》けた。

「ええええと、ううん。」

しきりに鉛筆をなめ始《はじ》めた。

「そうら、書けんじゃあないか。」

正太《しょうた》が側《そば》で口をとがらせた。

善太《ぜんた》にはどうも不思議《ふしぎ》でならない。学校へあがらない彼《かれ》であったが、今日《きょう》の日暮《ひぐれ》、外の原っぱに実際《じっさい》ゆきという字を見たのである。真白《まっしろ》な雪の野原、いや、少し薄《うす》ずみ色の雪の原に、大きな大きな字を見たのだ。その時、

「あ、これがゆきっていう字か。」

と、善太は思いさえしたのである。で、今でも忘《わす》れている訳《わけ》ではない。目さえつぶれば、ハッキリ浮《うか》んでくる字なんだが——。

「早く書けよ。」

正太が急《いそ》がしくいった。そこで善太は何度《なんど》か鉛筆《えんぴつ》をなめ何度か頭を傾《かたむ》けた後、兎《と》に角《かく》紙の上に恐《おそ》る恐る横に一本筋《ぽんすじ》を引いて見た。

「こうだったかなあ。」

そしてまた首を傾けた。

「馬鹿《ばか》ッ。」

これを見ると、正太《しょうた》は善太《ぜんた》をどなり付《つ》け、その紙を引きたくって駆《か》けだした。

「母さん、善太はこれがゆきっていう字だって、今日《きょう》原っぱに書いてあったんだって――。」

母さんも笑《わら》った。正太も笑った。姉さんも笑った。然《しか》しその大笑《おおわら》いの中で、善太はどうしても、書いてあったといってきかない。

「じゃあ兄チャン、今でも二階《かい》から見て御覧《ごらん》。キット書いてあらあ。」

「よし、じゃあ、善太も来い。二人《ふたり》で見よう。」

「ウン、見よう。あ、姉さんも来て見て頂戴《ちょうだい》。」

「ええ、ホントウなのかしら。」

こんなことをいいいい姉も立上った。

さて三人は二階に上って、原っぱに向《む》いて窓《まど》を開けた。外は曇《くも》った空にぼんやり月がかかっていた。無言《むごん》で三人は暫《しばら》く原を眺《なが》めた。薄《うす》ずみ色の夜霧《よぎり》の底《そこ》に沈《しず》んだような雪の野原、果《はて》しなく遠く人一人《ひとひとり》通っていない、何だかたよりない気持《きもち》を起《おこ》さす雪の野原。

「書いてない？」

善太が聞くのであった。が、姉も正太も字をさがす気にはなれなかった。外に広がる景色《けしき》は恐《おそ》ろしく、吹《ふ》きいる風は寒《さむ》い。

「ねえ?」

善太《ぜんた》は二人《ふたり》の後から、尚《なお》も返事《へんじ》を迫《せま》るのであったが、

「もういいもういい。」

こういって、姉は戸をしめてしまった。

「おお寒い、おお寒い。」

こういって、三人は二階《かい》を駆《か》け下りた。その後で、善太は雪という字を教わったけれども、
うそだといって信《しん》じなかった。

＊1　本字……漢字のこと。

小川の葦《あし》

明治《めいじ》のつい前までは、方々に、まだ天狗《てんぐ》や河童《かっぱ》というものがおりました。野原では、狐《きつね》の嫁入《よめい》りなんかも見られました。だからそのころは、面白《おもしろ》い話がたくさんありました。でも、私《わたし》は今そんな話をするのではありません。その頃《ころ》小川の岸《きし》に生《は》えていた一《ひと》むらのあしの話をいたしましょう。

岡山《おかやま》に近く、草深《くさぶか》い野原の中に、小さい村がありました。村のかたわらを一すじの川が流《なが》れておりました。その岸に一むらのあしが、二十[*1]坪《つぼ》くらい、そばのたんぼの方へかけて、まんまるく生《は》え茂《しげ》っていました。白い茎《くき》の上に、穂《ほ》をまるで小旗《こばた》のようにおし立てて、いつも一《いち》ように風に吹《ふ》かれておりました。

他《ほか》のあしはみなきれいに刈《か》り取《と》られるのに、ここのあしばかりは、誰一人《だれひとり》鎌《かま》を入れるものがありません。またたんぼの二十坪《つぼ》といえば、そこからは二斗《と》近い＊2お米がとれるのでしたが、お百姓《ひゃくしょう》はそこに稲《いね》を植《う》えるのでもありませんでした。これは一体どうしたことでしょう。それがこの話です。

その頃《ころ》から何十年という昔《むかし》のこと、刀を二本も腰《こし》にさした武士《ぶし》が道を歩いていた頃《ころ》のことでした。この村に庄屋甚七《しょうやじんしち》というおじいさんがいました。このおじいさんには、太一《たいち》という孫《まご》がありました。太一はお父さんもお母さんもない子供《こども》でした。

ある日のこと、太一は村の子供を集《あつ》めて、土蔵《どぞう》のそばでネッキをして遊《あそ》んでいました。ネッキというのは、一尺《しゃく》くらいの棒《ぼう》の先をとがらせ、それを地にかいた輪《わ》の中に投《な》げつけて、そこに突立《つった》っている相手《あいて》の棒《ぼう》を倒《たお》し、そして自分の棒を突立《つきた》てるという遊びであります。だが、一時間もそうやっていると、いつでも、棒が倒れたの倒れないのという言い合いが持《も》ち上って来るのでした。そしてその次《つぎ》が「負《ま》けたろう。」「負けるかい。」という喧嘩《けんか》になり、そのすえがなぐり合いになって、どっちかがアーンアーンでおしまいになるのでした。

今日《きょう》もちょうど、そのなぐり合いのところまで来たときのことでした。

「ヤッ、ありゃ何なら？　ヒョンなものがあるぜ、ヒョンな。」

ふざけものの佐平《さへい》が、こんなことを言うので、みんな喧嘩《けんか》など忘《わす》れて、佐平の指《ゆび》さす方をながめました。納屋《なや》ののき下に、みの笠《かさ》に頬《ほお》かむりという七つ八つのかかしが、みんな弓をもって、ずらりとならべてありました。

「はッははははは。」

みんなはもう腹《はら》をかかえて笑《わら》いました。

「おい、ええことをして遊《あそ》ばんか。」

佐平がすぐ言い出しました。

「あのかかしをのう、一つ土蔵《どぞう》の前に立てるんじゃあ。それからあの弓をとって、みんなで、こちらからねらって射《い》るんじゃあ。一番あてたものが、あの柿《かき》をとるんじゃあ。」

佐平が見上げたところには、柿が鈴《すず》なりにぶら下っておりました。

「うんうんうん。」

みんながうなずいて、にこにこしました。さっそく立てられた一つのかかしに向《む》かって、こちらは一列《れつ》になって弓をかまえました。みんな色々にしてねらいをさだめました。ぴょんぴよんと矢が飛《と》びました。しかし何分《なにぶん》弓も矢も同じような丸竹で、その上弦《つる》が太い縄《なわ》ですから、[*3]三四間《けん》のところでも矢がとどきません。

「だめじゃあ、この矢は。ええ矢はないんか。」

実《じつ》は、ええ矢は納屋《なや》の中にありました。あしすだれにするあしがたくさん束《たば》にして、積《つ》んでありました。

「おい、太一《たいち》さん、あれを取《と》って来い。」

「うーん、あれはおじいさんに叱《しか》られらあ。」

「ええが、十本や二十本、わかるもんか。」

それでも太一がぐずぐずしていますと、

「叱《しか》られたら、なんぼでも、たんぼから取って来て返《かえ》したらあ。」

みんなにこんなことを言われて、不承不承《ふしょうぶしょう》に太一は納屋のあしを一束とって来ました。弦には、太い凧糸《たこいと》を持《も》ち出しました。それから盛《さかん》な弓合戦《ゆみがっせん》がはじまりました。矢がまるで秋の田を飛《と》ぶいいなごのように、かがしに向《むか》って飛びました。

「那須《なす》の与一《よいち》でござる。」というものもあれば、

「三十三間堂《さんじゅうさんげんどう》の通し矢でござる。」と、おかしな身《み》ぶりをして、矢《や》つぎ早《ばや》に射《い》るものもありました。見る間に一束《ひとたば》のあしはうちつくして、かがしのみのや笠《かさ》にたくさんの矢が突立《つきた》ちました。下に乱《みだ》れてかさなり合ったあしは、どんなにはげしい戦争《せんそう》があったんだろうかと思われるようでありました。だから、子供等《こどもら》もしばらく、

「はげしかったのう。」と感心《かんしん》してながめたくらいでした。が、すぐ、

「もう一ぺんやろうえい。」と佐平《さへい》が、また言い出しました。

「やろうやろう。」

みんなは思うつぼだったのです。けれども、太一《たいち》だけはむつかしい顔をして、そんな話は耳に入らないらしく、一心に弓をひくまねをしておりました。おじいさんに叱《しか》られることが、にわかに心配《しんぱい》になり出したのです。そのとき、みんながあまりげらげら笑《わら》うので、ふと納屋《なや》の方を見ますと、いたずらものの佐平が抜足指足《ぬきあしさしあし》で、納屋の戸口をうかがっています。どろぼうのまねをして、あしをねらっているところです。思わず太一もにっこりしました。するとこのとき、

「こりゃッ。」という大きな声が、みんなのうしろでいたしました。とびあがるように、びっ

くりして後を向《む》くと、おじいさんの庄屋甚七《しょうやじんしち》が、一本の刀をさして大口をあけて、どなり立てておりました。

「おのれは、おのれは、何をしくさるんじゃあ。大事《だいじ》なあしをむだにしやがって。みんなでもと通り刈《か》ってくるならよし。来ぬのなら、一本残《のこ》らずみんなの手を引き抜《ぬ》くぞ。」

みんな真青《まっさお》になってしまいました。一番大きい善六《ぜんろく》が、それでもふるえ声で、やっとこう、、、、ことわりをいたしました。

「刈って来ますから、こらえてつかあさい。」

「うん、早く刈って来い。」

そこで、みんなは、ぞろぞろ太一《たいち》の家を出ましたが、少し行くと、善六は腹《はら》を立てて言いました。

「佐平《さへい》があんなことをしようというからじゃ。」

「わしが言うか。あしを矢にしたのはお前じゃないか。」

二人《ふたり》のなすくり合いがはじまりました。それについて、ほかのものも、佐平だ、善六だと、言い合いました。すると佐平が腹を立てて、

「そんなに言うのなら、わしゃもうあしを刈《か》らん。」と言いだしました。すると、こんどは善《ぜん》六《ろく》が、

「佐平《さへい》が刈らんのなら、わしも刈らん。」と言い出しました。

それがつづいて、わしも、わしもと、誰一人《だれひとり》刈るものがなくなりました。だが、太一《たいち》一人はどうしたらいいのでしょう。刈らないで家に帰れば、おじいさんに手をぬかれます。

「のう、刈っておくれよ。」

そこで、みんなにたのんで見ました。

「それでも、みんな刈らんのじゃもの。」

みんなが、そんなことを言って、そろそろと後すさりをして、少し離《はな》れると、くるりと後に向《む》き、それなりばたばたッと駆《か》けて行ってしまいました。そこで太一は一人ぼろぼろと涙《なみだ》を流《なが》し流し、風の吹《ふ》くたんぼ道を、あしをさがして行きました。

さてその晩《ばん》のこと、太一はいつまでたっても帰りません。村中大さわぎになって、狐《きつね》に化《ば》かされたんだろうというので、太鼓《たいこ》を鳴らしてさがしに出ました。

「返《かえ》せい、もどせい、あずき餅《もち》を三つやろう――」

と大きな声をして呼《よ》びまわりました。けれども、どうしても太一《たいち》は出て来ません。翌日《よくじつ》の朝になって、やっと、川のふちのあしの中で、小さい下駄《げた》の片方《かたほう》だけが見つかりました。では太一は狐《きつね》に化《ば》かされたのでしょうか。河童《かっぱ》にとられたのでしょうか。いいえ、その川の川下の方に、一束《ひとたば》のあしをかたく握《にぎ》りしめて、あしの根《ね》もとに流《なが》れついておりました。

これを知ったおじいさんは、どんなに太一をかあいそうに思ったことでしょう。すぐその下駄の落《お》ちていたあしのところのたんぼを買いとって、そのあしを大切にいたしました。茂《しげ》り放題《ほうだい》に茂らせて決《けっ》して鎌《かま》を入れなかったのです。

やがてそれは、村一番のいいあしになって、みんなに太一のあし場と言われました。それから永《なが》い年月がたって、そのたんぼは何度《なんど》も持主《もちぬし》がかわりましたけれども、みなあしを大切にして、たんぼの方へ茂るままにいたしました。それなら、今はもうあしの大きな原っぱが出来ているることでしょう。が、それが、そういかなかったのです。山に天狗《てんぐ》がいなくなり、野原に狐が出なくなると、世の中が大へん暮《くら》しにくいものになりました。

今の人には、もう一坪《つぼ》の土地だってむだに出来なくなったのです。そこでいつの間にか、その太一のあし場もきれいに耕《たがや》されて、一本のあしも見られなくなってしまいました。それと一しょに、太一《たいち》の話も一人《ひとり》だって覚《おぼ》えている人がなくなってしまいました。

＊1　二十坪……土地の面積の単位。一坪は約三・三平方メートル。
＊2　二斗……量をはかる単位。一斗は約一八リットル。
＊3　三四間……長さの単位。一間は約一・八メートル。

どろぼう

おばあさんのことを、いつも善太《ぜんた》は、ただおばあさんおばあさんと呼《よ》んでいて、名前のことなど気がつかないでおりました。けれども、聞いて見ると、やっぱり名前はありました。松山《まつやま》お米というのでした。お米と書いても、およねと読むのだそうであります。ふしぎな名前と思って、聞いて見ますと、これには訳《わけ》がありました。

おばあさんの生れたのは、万延元年《まんえんがんねん》三月、ちょうど井伊《いい》大老《たいろう》が桜田門《さくらだもん》の外で水戸《みと》の浪士《ろうし》に殺《ころ》されたあの年あの月だったそうであります。あの頃《ころ》は世《よ》の中《なか》がとても物騒《ぶっそう》で、町にも田舎《いなか》にも方々にどろぼうが出たりしました。

それである夜のこと、おばあさんのお父さん松山甚七《まつやまじんしち》はふと目をさまし、遠いお寺の鐘《かね》の音を、何時になるかと数えていました。まだそのときはおばあさんは生れていなかったと言いますから、安政《あんせい》六年という年でありましょう。松山甚七《まつやまじんしち》は門の方で重《おも》い足音がするように思えて、床《とこ》の上に起《お》き上りました。こんなとき、昔《むかし》の人は心持《こころもち》を静《しず》めるため、まずきせるで煙草《たばこ》を吸《す》うたものであります。それで甚七爺《じんしちじい》さんも手さぐりで火打《ひう》ち石を取《と》り上げ、カッチカッチとすりました。火打ち石には必《かな》らずほくちというものがついております。

石と石とすれ合って出る火花が、そのほくちという布切《ぬのき》れのようなものにつくのであります。そしてそれは枯芝《かれしば》についた火のように静《しず》かに燃《も》え出すのでありました。で、甚七爺さんは今そのほくちから煙草を吸いつけ、パッパッと二三服《ぷく》吸《す》うと、煙草盆《たばこぼん》の灰吹《はいふき》の上でコッチコッチと叩《たた》きました。それでお爺さんは気が静まって、首を傾《かたむ》けて、外の物音に耳をすましました。どうやら米倉《こめぐら》にどろぼうが入ったらしいのです。

お爺さんは立上って、敷居《しきい》の上にかけてある弓張提灯《ゆみはりちょうちん》に手をかけました。けれども、その夜が九月の十七日で、まだ空にお月さまが照《て》ってることを思うて、提灯をとるのをやめました。それから床の間にかかっている長い刀を手にとり、それを提《さ》げて玄関《げんかん》の方へ出て行きました。途中《とちゅう》で、次《つぎ》の間にねているおばあさんのお母さんを起《おこ》しました。

「おみね、おみね、ちょっと米倉《こめぐら》を見てくるぞ。後で栄三《えいぞう》を起《おこ》しとけ。」

玄関《げんかん》に行くと、お爺《じい》さんはまず格子《こうし》になっている玄関脇《げんかんわき》の窓《まど》の戸をあけました。そこから月の光に照《てら》された門の方を眺《なが》めました。すると、門の戸があいております。その上、ちらっとその戸の陰《かげ》へ、隠《かく》れて行く人影《ひとかげ》が見えました。そこでお爺さんは大急《おおいそ》ぎで、玄関の大戸を開きました。門の方へ駆《か》け出しました。門を出て見ると、どうでしょう、彼方《かなた》へ沈《しず》みかけた月の下の田圃道《たんぼみち》を、三人の男が駆けて行きます。しかも三人が三人とも一俵《ぴょう》ずつの米俵《こめだわら》を荷《かつ》いでおります。これを見るとお爺さんは思わず、右手を刀のつかにかけて、五六間《けん》も勢《いきおい》こんで駆け出しました。それから大変《たいへん》な大声でその三人のどろぼうにさけびました。

「こうらあ、どろぼうめい。米を盗《ぬす》むとは何のことじゃあ。」

すると、どろぼうは思いがけない大声にあわてふためき、まるで今にも転《ころ》びそうに、ひょろひょろして、互《たがい》にかち合ったり致《いた》しましたが、それでも俵を捨《す》てもせず、まだどんどん逃《に》げて行きました。そこでお爺さんがまたさけびかけました。

「こうらあ、米どろぼう。俵をそこへ置《お》いとけえ。置かんと馬で追《お》いかけるぞう。追いかけて、刀でぶち切るぞう。」

すると、どろぼうも正直《しょうじき》ものと見えまして、一番後の男が俵《たわら》を道に投《な》げすてました。前の二人《ふたり》は然《しか》しまだ俵を荷《かつ》いで、とっととっとと逃《に》げて行きました。それでお爺《じい》さんはまた大きな声で呼《よ》びかけました。

「こうらあ、まだ置《お》かんかあ。置かんと、鉄砲《てっぽう》で打《う》ち殺《ころ》すぞう。」

馬や刀に怖《おそ》れなかったどろぼうも、鉄砲は怖《おそ》ろしいと見えまして、次《つぎ》の男がまた俵を道の上に投げました。それでも残《のこ》る一俵《ぴょう》だけは惜《お》しいと見え、三人でそれを担《かつ》ぐようにして、とっとっとと逃げて行きました。お爺さんはそれでまた声をかけました。

「こうらあ、こんなに言ってもまだ置かんかあ。命《いのち》が惜しいのか、惜しゅうないのかあ。」

どろぼうも、一俵だけは命にもかえられなかったのでしょうか、もう何と言っても捨《す》てもせず、三人で代《かわ》る代る担ぎ上げ、次第《しだい》に遠くなって行きました。しまいには「よっ、ほっ、よっほっ。」などと掛声《かけごえ》をかけているのが幽《かすか》に聞えました。

そのとき、お爺さんの家の作男、栄三《えいぞう》が起《お》きて出て来ました。

「旦那《だんな》、どうしました。」

「うん、どろぼうを逃がした。おしいことをしたわい。」

「どの辺《へん》まで逃《に》げました。」

「うん、あそこだ。俵《たわら》をかついで行くだろう。」

二人《ふたり》は月の光に手をかざして、遠い彼方《かなた》の村の方を眺《なが》めました。

「あ、あれなら旦那《だんな》、馬で追《お》っかけりゃ間に合いますぞ。」

言うか言わないに、もう栄三《えいぞう》は門の中へ駆《か》け込《こ》んで、鞍《くら》も置《お》かない裸馬《はだかうま》を引出して来ました。

「どうどどう。」

はやり立てる馬をなだめ、栄三はそこで馬に飛《と》び乗《の》ろうと致《いた》しました。

「待て待て、待て。」

お爺《じい》さんは尻《しり》からげをし、手に下げていた刀を腰《こし》にさしました。それから栄三の手綱《たづな》をとって、ぴょんと馬に飛び乗りました。

「一追いして来る。」

こう言いますと、栄三が馬の口をとらえて、

「旦那、それは危《あぶの》うござんす。」ととめました。

「何を、三人や四人の米どろぼう、お前は後から走って来い。」

こう言うと、馬の腹《はら》を両足《りょうあし》で蹴《け》って、道の上に駆《か》け出しました。馬の背中《せなか》で体をすくめ、前の方をすかすようにして見ているお爺《じい》さんの姿《すがた》は、中々勇《いさ》ましいものだったそうでありま す。馬は風のように走りました。栄三《えいぞう》も後から一生懸命《いっしょうけんめい》に駆けました。どろぼうはそのときもう隣村《となりむら》の家の陰《かげ》へ入っていて、影《かげ》も形も見えませんでした。

ところで、お爺さんが隣村へ馬の足音高く駆け込《こ》んで、そこの村端《むらはず》れへ出ようと、川の橋《はし》の近くへやって来ますと、ちょうど橋の彼方《かなた》のたもとで休んでいる三人の男があります。俵《たわら》のようなものを真中《まんなか》に何か話し合っているようです。それでお爺さんはまた大きな声をあげました。

「こうらあ、どろぼうめい。」

しかしどろぼうは少しも逃《に》げようといたしません。まるでお爺さんの来るのを待《ま》ってるようにじっとしております。それでお爺さんは、どろぼうがもう動《うご》けなくなったので、お爺さんにお詫《わ》びでもするのかと考えました。それで馬を少し静《しず》かにして、歩かせながら橋を渡《わた》って行きました。馬がちょうど橋の真中《まんなか》に行ったとき、お爺さんはどろぼうに、声をかけようといたしました。

するとそのときでした。橋《はし》の下の水の上にとても大きな音が起《おこ》りました。そしてしぶきが、どっと上に上って来ました。それで馬がびっくりして、とっと棹《さお》を立てたように前足を上げて立上りました。立上ったと思うと、それなり、くるりと後向《うしろむ》きになり、それから今来た家の方をさして、鉄砲玉《てっぽうだま》のように走り出しました。止めようにも、どうしようにも馬はこうなっては、力に及《およ》びません。

「どうどう、どうどう。」

お爺《じい》さんは一生懸命《いっしょうけんめい》手綱《たづな》を引き引き、何度《なんど》も何度も叫《さけ》びつづけました。それを見て、どろぼうたちはハッハッハッハッと腹《はら》をかかえて笑《わら》いました。

お爺さんの馬はそれでも後から来る栄三《えいぞう》のところまで駆《か》けて来ると、そこの道に両手《りょうて》を拡《ひろ》げて突立《つった》っていた栄三にとめられました。

「どうどうどう。」

何度もそう言って、首のところを叩《たた》いて、栄三とお爺さんとで、まだ怖《おそ》れてたじたじする馬をなだめました。それから馬には乗らず二人《ふたり》で両側《りょうがわ》から手綱を引いて、また橋の方に引き返《かえ》しました。

「どろぼうの奴《やつ》、とうとう俵《たわら》を川の中へ捨《す》てて行ったよ。仕方《しかた》のない奴だ。置《お》いてくなら道の上へ置いとけばいいものを。」

二人《ふたり》はそんなことを言い合いながら、橋《はし》のところに来て見ますと、もうどろぼうはおりません。川の水も静《しず》かになっております。水の中を月の光ですかして見ますと、ちょうど俵のようなものが、その底《そこ》の方に転《ころ》がっております。然《しか》し何だか少し小さく見えるようで、栄三《えいぞう》が竹の棒《ぼう》を拾《ひろ》って来て、上からそれを突《つ》ついて見ました。コチコチと堅《かた》い手答えがいたします。

「旦那《だんな》、こりゃ石ですぜ。」

栄三が言いますので、お爺《じい》さんも突ついて見ました。頭の方や胴《どう》の方や、どこをついても堅い石の手答えです。

「ほんとうだ。こりゃ、どろぼうに一杯《いっぱい》くわされた。」

そう言って、ふと橋のたもとを見ますと、そこにいつも立っていたお地蔵《じぞう》さまが見えません。

「やっ、これだこれだ。お地蔵《じぞう》さまも御迷惑《ごめいわく》に。」

お爺《じい》さんも栄三《えいぞう》もついおかしくなって笑《わら》いました。どろぼうにとうとう旨《うま》くだまされた訳《わけ》であります。それで仕方《しかた》なく、二人《ふたり》はそこから引返《ひきかえ》し、道で二俵《ひょう》の米を拾《ひろ》い、それを馬の背《せ》中《なか》につけて帰りました。

ところで、翌日《よくじつ》のことであります。一人《ひとり》の植木屋《うえきや》が板《いた》の上に沢山《たくさん》鉢植《はちうえ》の牡丹《ぼたん》を載《の》せて、それを担《かつ》ぎ棒《ぼう》で前後にかついでやって来ました。側《そば》にはその親方のような植木屋がついております。その男は襟《えり》に芳翠園《ほうすいえん》と書かれた法被《はっぴ》を着ていました。

「へい、今日《きょう》は、町の香蘭園《こうらんえん》さんで聞いてまいりました。こちらの旦那《だんな》様《さま》は牡丹《ぼたん》が大変《たいへん》お好《す》きだそうでございまして。上方《かみがた》の牡丹商人《ぼたんしょうにん》でございます。今日は珍種《ちんしゅ》、上《じょう》もの、飛切《とびき》りの種《しゅ》類《るい》をそろえて持《も》ってまいりました。お買い上げが叶《かな》いませんでも、ただ旦那さまの御覧《ごらん》を戴《いただ》くだけでも結構《けっこう》でございます。」

植木屋《うえきや》は玄関《げんかん》でそう口上《こうじょう》を言っておりましたが、庭《にわ》の開き戸の開いているのを見ると、もうずんずん庭の方へ入ってまいりました。

「おおお、これは結構なお庭だ。おい、きさまもこちらへ入れ。入って、お庭を拝見《はいけん》するが

芳

いい。何とあの滝口《たきぐち》のこしらえから、築山《つきやま》の雪見燈籠《ゆきみどうろう》のあたり、何とも言えない眺《なが》めじゃあないか。石の色といい、松《まつ》の寂《さ》びといい、どうしても庭《にわ》をこれだけにするのには百年がとこはかかるだろう。」

親分らしいのは、一人《ひとり》で感心《かんしん》し、一人でしゃべっております。そこへお爺《じい》さんが縁側《えんがわ》に出て来ました。すると、植木屋《うえきや》はまた何度《なんど》かお辞儀《じぎ》をして、庭をほめたり、牡丹《ぼたん》の効能《こうのう》を言ったり、長々としゃべり立てました。そしてお爺さんにはろくろく話もさせないで、庭の踏石《ふみいし》の上や、松の木の根元《ねもと》、岩の陰《かげ》などに牡丹の鉢《はち》を列《なら》べました。牡丹はみんなで十鉢《とはち》ばかりでしたが、その青々とした葉陰《はかげ》から少し色づきかけている莟《つぼみ》をのぞかせていました。

植木屋《うえきや》はその一鉢《ひとはち》一鉢に就《つい》て、花の美しさからその木の名前などをまた上手《じょうず》にしゃべり立てました。「狂《くる》い獅子《じし》」というのは乱《みだ》れ咲《ざ》きの花で、花びらが房《ふさ》のようにたれるのだというのでした。「蜀江《しょっこう》の錦《にしき》」と言いますのは真紅《まっか》な花で、そのさし渡《わた》し五寸*1《すん》からある大輪《たいりん》だと言いました。「雪山《せつざん》」と言うのは、雪のように白いのだそうであります。

お爺さんはその間ただ「ふん、ふん。」と言うきりで、むつかしい顔をして聞いていました。ほんとうはお爺さんはそれらの牡丹がほしくてならなかったのです。しかし上方《かみがた》から来た商人《しょうにん》ですし、それにその牡丹《ぼたん》の植《うわ》っている鉢《はち》を見るとみなそれがシナ焼《やき》の上もので、鉢だけでも中々大変《たいへん》な値打《ねうち》に思われました。それで値段《ねだん》を聞いてやめるよりはと思って、植木屋《うえきや》のしゃべるに任《まか》せて、いつまでも黙《だま》っていました。

するると、おしまいになって、とうとう植木屋は自分の方から値段を言いました。ところが、その値段の安いことと言ったら、それは鉢の値段にも足《た》りない位《くらい》に思えました。お爺《じい》さんはそれで直《す》ぐにも、その十《と》鉢全部《はちぜんぶ》を買いとりたいと思いましたけれども、何だか不思議《ふしぎ》な気がして考え込《こ》みました。牡丹のはやっているときでしたから、そんな値段のある筈《はず》がないと思われたのであります。それで、もしかしたら、これはどこかで盗《ぬす》んで来た牡丹かも知れない。そんなことがふと考えられたのであります。それでまた買おうと言い兼《か》ねて、ふうん、ふうん、言いながらしきりに煙草《たばこ》を吸《す》っておりました。おしゃべりの植木屋もこれには困《こま》ったと見えまして、とうとう少し腹《はら》を立てたような顔になって言いました。

「旦那《だんな》は牡丹のよしあしがお分りにならないんじゃありませんか。これ程《ほど》の名木《めいぼく》を一たいどんな値段でお買いなさろうというのです。菜《な》っ葉《ぱ》や人参《にんじん》とは違《ちが》いますぜ。」

そう言うと、腹だたしそうにどんどん鉢を片《かた》づけ、また板《いた》の上に乗《の》せ始《はじ》めました。これを見ると、お爺《じい》さんは盗《ぬす》んで来たなどという疑《うたが》いもなくなり、初《はじ》めて煙草《たばこ》をやめて声をかけました。

「まあそう立腹《りっぷく》しなさんな。それじゃあ、お前さんの言い値《ね》で、この鉢全部《はちぜんぶ》買いとろう。折角《せっかく》だから置《お》いて行きなさい。」

植木屋《うえきや》は愉快《ゆかい》そうな声を上げました。

「いや、有難《ありがと》う存《ぞん》じます。やっぱり旦那《だんな》は目がおありです。いずれ、私《わたし》もこの花の咲《さ》く頃《ころ》にもう一度《ど》まいりまして、花つくりの秘伝《ひでん》とでもいうようなものを申上《もうしあげ》ることに致《いた》しましょう。」

こんな有様《ありさま》で、植木屋はお金をもらうと喜《よろこ》んで帰って行きました。

ところが、それから四五日して、牡丹《ぼたん》の花が美しく開き始《はじ》めた朝のことでした。お爺さんが屋敷《やしき》の中を見廻《みまわ》っておりますと、米倉《こめぐら》の前に短冊《たんざく》が一枚落《まいお》ちていました。それにはこんなことが書いてあります。

「花の秘伝《ひでん》、何事《なにごと》も用心第一《ようじんだいいち》、用心第一、あした嵐《あらし》の吹《ふ》かぬものかは。」

お爺さんがふしぎそうにしてこれを見ていますと、外から門内に駆《か》け込《こ》んで来たものがありました。

「旦那《だんな》旦那、米倉《こめぐら》が空ですぜ。」

栄三《えいぞう》がうろたえて呼《よ》んでおりました。

昨夜《ゆうべ》の間に、どろぼうは米倉の外側《そとがわ》を流《なが》れている川に一艘《そう》の船を引いて来て、倉の壁《かべ》を切り破《やぶ》り、そこから五十俵《ぴょう》もの米を盗《ぬす》んでしまったのでした。さて、その夜のことお爺《じい》さんの子に、松山《まつやま》お米《よね》、即《すなわ》ち善太《ぜんた》のおばあさんが生れました。お米をとられたというので、こんな名をつけたのだそうであります。

＊1　五寸……長さの単位。一寸は約三センチ。

お馬

もと庄屋《しょうや》をしていたお祖父《じい》さんは、その頃《ころ》でもまだ頭に髷《まげ》を結《ゆ》っていました。断髪令《だんぱつれい》と言って、髷を切って、今頃《いまごろ》のみんなの頭のようにせよという規則《きそく》が出来てから、十年も立っておりましたが、お祖父さんは昔《むかし》のままの髷を頭の上に乗《の》っけて、それを自慢《じまん》にしていました。

お祖父さんは一風変《いっぷうかわ》った咳《せき》をしました。

「えっへえん――。」

とても物々しい咳《せ》き方《かた》なのですが、これがまた自慢の一つでした。でも、えへんはいいのですが、くしゃみと来たら、村中へ響《ひび》くような大きなものでした。

「はっくしょうん――ん。」

初《はじ》めは普通《ふつう》なのですが、終《おわり》のんを長く引張《ひっぱ》って、もう一つんをつけ加《くわ》えるようなくしゃみでした。この咳《せ》き方《かた》や、くしゃみの仕方《しかた》で、ライオンが一声で狐《きつね》や兎《うさぎ》をふるえさすように村のものみんなを恐《おそ》れさせると思っていたのでありましょう。

お祖父《じい》さんは槍《やり》や刀が好《す》きでした。床《とこ》の間《ま》にはいつも鎧甲《よろいかぶと》が飾《かざ》ってありました。そしてその側《そば》に、鹿《しか》の角の刀かけに刀が大小二振《ふたふり》のせてありました。＊1長押《なげし》には槍《やり》、長刀《なぎなた》、弓などがかけてありました。その下には昔《むかし》の和鞍《わぐら》と言う、侍《さむらい》の使《つか》った鞍が台に乗《の》せて飾ってありました。

その中に坐《すわ》って、お祖父さんは煙草《たばこ》を吸《す》っては、お茶を飲《の》んでいました。そしてその合間に槍や刀の手入れをしていました。お祖父さんは刀を磨《と》ぐのがとても上手《じょうず》で、またその効能《こうのう》を言うことも大変《たいへん》なものでした。お祖父さんは煙草を煙管《きせる》で飲みました。煙管で灰吹《はいふ》きを叩《たた》く音がまた中々ぎょうぎょうしいものでした。その叩き方でお祖父さんのその日の機嫌《きげん》が分るとみんなは言っていました。

お祖父さんが怒《おこ》ると、それは大変でした。怒ることはめずらしく、一年に一度か二度のことでしたが、おこったとなると、きちんと坐《すわ》って、側にちゃんと刀を置《お》いていました。これまで一度《ど》もそれを抜《ぬ》いたことはないのですが、それには誰《だれ》でもまいってしまいました。あるとき、町から来た屋根職人《やねしょくにん》が、酔《よっ》ぱらって、お祖父《じい》さんの前へ出ました。そして、お祖父さんのやかましいことを知らないで、つい失礼《しつれい》なことを言いました。すると、お祖父さんは、「無礼《ぶれい》ものッ。」と大声でどなって、直《す》ぐ立膝《たてひざ》になり、側《そば》の刀を取《と》り上げました。職人はびっくりして、わっと言って逃《に》げていきました。だからもう、刀を側に置《お》いている前へ呼《よ》び付《つ》けられるとなったら、誰《だれ》でも始《はじ》めから両手《りょうて》をついて丁寧《ていねい》にお詫《わび》をしました。

お祖父さんには仲《なか》のいい友だちが一人《ひとり》ありました。それがまたおなじように頭に髷《まげ》を残《のこ》していました。その人はその頃《ころ》馬の先生をしていました。もっとも馬の稽古《けいこ》をする人は他《ほか》に誰《だれ》もなくて、ただお祖父さんばかりの先生でした。それでも昔《むかし》は殿様《とのさま》の馬の先生だったそうであります。

その人は月に何回か、お祖父さんのところへやって来ました。お祖父さんは馬を三頭も持《も》っていました。それでその日になると、作男《さくおとこ》が二頭の馬をつなぐものへつなぎました。それは今頃《いまごろ》の機械体操《きかいたいそう》*2の金棒《かなぼう》のような形をしていて、両側《りょうがわ》の柱《はしら》に環《わ》がついていました。その環へ馬の手綱《たづな》を結《むす》びました。馬には金銀《きんぎん》の模様《もよう》のついた和風の馬具《ばぐ》を乗《の》せました。鐙《あぶみ》などは昔の絵にある佐々木高綱《ささきたかつな》や梶原景季《かじわらかげすえ》の使《つか》ったものと同じかっこうでした。

その馬へお祖父《じい》さんと馬の先生とが羽織袴《はおりはかま》で乗《の》りました。手には竹の根《ね》で作った鞭《むち》をにぎっていました。

お祖父さんの屋敷《やしき》の周囲《しゅうい》へは広い道が造《つく》ってありました。そこを馬場に使っていたのです。道の両側《りょうがわ》には松《まつ》が植《うわ》っていました。その間を二人《ふたり》の老人《ろうじん》がぱっぱっぱっぱっと馬に乗って走りました。ぱっぱっというのは普通《ふつう》の馬の歩き方ではありません。馬に右の前後と、片側《かたがわ》の両足《りょうあし》を一度《ど》に上げさせて歩かす歩き方です。これは昔《むかし》、儀式《ぎしき》のときに、殿様《とのさま》の前などでやった乗り方なのでしょうか。こうして乗ると、胸《むな》がい、尻《しり》がいなどという馬具《ばぐ》の飾《かざ》りがひらひらゆれ、轡《くつわ》がしゃんしゃんと、にぎやかな音を立てました。すると、馬の先生は根鞭《ねむち》で鞍下《あんか》の革具《かわぐ》を打《う》ってははげしい音を立てました。ときには、はいよう、はいようと、とてもすごいかけ声をかけました。

村の子供《こども》たちはそんなときいつでも道の両側の松《まつ》の木にのぼって、枝《えだ》に鈴《すず》なりになって見物《けんぶつ》しました。それは、こんな二人の侍《さむらい》が馬に乗るのが面白《おもしろ》いばかりではありません。お祖父さんは人が見物するのがとても好《す》きでした。馬乗りがすむと、見物していた子供たちにおせんべいを幾枚《いくまい》かずつくれるのがきまりでした。

「おお、よく見てくれたなあ。また来て見てくれるんだぞ。」と、お祖父《じい》さんはとてもいい機《き》嫌《げん》です。

お祖父さんの馬好《うまず》きは五里《り》＊3も十里も遠くまで有名《ゆうめい》でした。馬の甚七《じんしち》さんと言えば、大人《おとな》はだれでも知っていました。

お祖父さんは若《わか》い頃《ころ》は特《とく》にお酒《さけ》が好《す》きでした。酔《よ》っぱらうと、冬でも夏でも真裸《まっぱだか》になりました。そして褌《ふんどし》一つに刀を一本さしこみました。それで鞍《くら》も置《お》かない裸の馬に乗《の》りました。そんなときは馬場などでなく、村の道を乗り廻《まわ》しました。そして、「若いときからお馬にめして、手綱《たづな》さばきのほどのよさ。」と、こんな歌を謡《うた》いました。あるとき、それは明治《めいじ》の前で、侍《さむらい》が刀をさして、道を歩いている頃《ころ》のことだったそうです。お祖父さんは酔ぱらって、この裸の馬乗りをやっていました。春のことでしたが、お祖父さんが馬に乗っていく道の彼方《かなた》に、一人《ひとり》の人が草の上に寝《ね》ころんでいました。

お祖父さんは、それも酒に酔うて寝《ね》ているのだろう、ぐらいに考えて、駆《か》けていきました。側《そば》を通り過《す》ぎるとき、よく見ると、それはどこかの侍でした。お祖父さんも名字帯刀《みょうじたいとう》を許《ゆる》されている庄屋《しょうや》の子でしたけれども、相手が侍ならば、馬から下りて、お辞儀《じぎ》をして通らなければなりません。しかしその侍《さむらい》は眠《ねむ》っているらしいし、馬は駆《か》け足でかけているのですから、えい、かまうものかと思って、そのまま通り過《す》ぎました。通り過ぎたかと思うと、後で大きな声がしました。

「こら、待《ま》てッ。」

後を振向《ふりむ》くと、侍は起《お》き上って、刀の柄《つか》に手をかけていました。お祖父《じい》さんは困《こま》ったことになったと思いましたが、馬は駆けつづけているので、ちぇッ、逃《に》げろと思って、侍が大きな声でどなるのを、聞えないふりをして競馬《けいば》のように馬を走らせて逃げてしまいました。

それから遠廻《とおまわ》りをして家へ帰り、馬を厩《うまや》に入れ、轡《くつわ》を納屋《なや》に置《お》こうとして、納屋に入りますと、後でまたさっきの侍の声がしました。有名《ゆうめい》な馬の甚七《じんしち》のことですから、逃げても侍は家を知っていました。そこで大変《たいへん》な勢《いきおい》で追《お》っかけて来たのでした。侍はもうそのときには刀をぬき放《はな》していました。

これを見ると、お祖父さんはその納屋の大きな戸を内からごろごろっと締《し》めてしまいました。すると、追っかけて来た侍は目の前で戸がしまったので、その戸を蹴《け》ったり叩《たた》いたりしました。然《しか》し大きな戸ですからびくともしません。侍は、しまいには気狂《きちが》いのように怒《おこ》りたけって、何をというなり持《も》っている刀をその戸の板《いた》へぐっと突《つ》きさしました。

「こらっ、これでも開けんかッ。」

侍《さむらい》はそう言って、刀を根元《ねもと》までつッこんで切尖《きっさき》を上げ下げして、どなりたてました。するとお祖《じ》父さんは持っていた轡《くつわ》をその刀の先に引っかけ、その上へ手綱《たづな》をぐるぐる巻《ま》きにしました。そして、そこにあった大きな杵《きね》で刀を上から二三度《ど》打ち下ろしました。刀は戸の厚《あつ》い横木《よこぎ》に喰《く》い入って、外から引張《ひっぱ》っても、めったに動《うご》かないようになってしまいました。

そうしておいて、お祖父さんはその納《な》屋《や》の別《べつ》の戸口をそっと開いて、侍から見えない、壁《かべ》の方へ出て来ました。そこから顔を覗《のぞ》けてうかがうと、侍はぶつぶつひとりごとを言いながら、一生けんめいにその刀を引き抜《ぬ》こうとしています。その間にお祖父さんはしのび足で、そこを逃《に》げだし、裸《はだか》のまま村のお医者さんのところへ駆《か》けつけました。

このお医者さんはその頃有名《ころゆうめい》な長崎帰《ながさきがえ》りの洋医《ようい》で、殿様《とのさま》の病気も診《み》る御典《ごてん》医《い》というのでした。その人に侍への仲裁《ちゅうさい》を頼《たの》んだのです。お医者さんは直《す》ぐに家来《けらい》をつれてやって来ました。家来と言っても侍で、刀を二本さしていました。お祖父さんも刀をさして、お医者さんの家来のように側《そば》についていきました。

「あなたはどなたですか。私《わたし》は典医《てんい》、山川平九郎《やまかわへいくろう》ですが。」

まだ刀を抜《ぬ》こうと焦《あせ》っている侍《さむらい》にお医者さんは呼《よ》びかけました。これを聞くと、侍は顔色を変《か》えました。

「いや、これはこれは、少し酒興《しゅきょう》が過《す》ぎましてな、とんだところをお目にかけました。」

これでもう訳《わけ》なく仲裁《ちゅうさい》がすみました。お祖父《じい》さんは知らぬ顔をして、戸を開けたり、刀をとってやったりしました。

この侍がつけた刀の跡《あと》が明治《めいじ》になっても、はっきり戸の板《いた》に残《のこ》っていました。これがまたお祖父さん自慢《じまん》の一つで、いつ頃《ごろ》かいたものか、その刀傷《かたなきず》の側《そば》に、筆《ふで》で、こうかきつけてありました。

「嘉永参年参月廿日《かえいさんねんさんがつはつか》、甚七遭難《じんしちそうなん》の跡《あと》」

でも、お祖父さんは誰《だれ》に聞かれても、くわしい話はしませんでした。ただ、人にその跡《あと》が見えるように、いつも戸をしめて置《お》くことや、その側を通るときのお祖父さんのいかめしい容子《ようす》などで、みんなが、お祖父さんの得意《とくい》さを察《さっ》するだけでした。

日清戦争《にっしんせんそう》の終《おわ》り頃《ごろ》、お祖父さんのただ一人《ひとり》の友だちの、馬の先生が亡《な》くなりました。先生には騎兵中尉《きへいちゅうい》になる一人息子《むすこ》がありましたが、これが戦争《せんそう》で死《し》にました。すると、間もなく先生も病気になって死にました。先生は親一人、子一人だったのです。それで先生が死んでしまえば、お墓《はか》を建《た》てる人さえありません。

お祖父《じい》さんはそれを大変気《たいへんき》の毒《どく》に思って、先生が死ぬと、自分の髷《まげ》を切り取《と》って、それを先生と一しょに墓に埋《う》めました。墓も騎兵中尉のと一しょにお祖父さんが建てました。墓には漢文《かんぶん》で、お祖父さんと仲《なか》がよくて、一しょに馬に乗って遊《あそ》んだということを彫《ほ》らせました。

馬の先生が亡くなり、頭の髷を切り落《おと》すとお祖父さんはすっかり年をとって、もう馬にも乗《の》れなくなりました。それでお祖父さんは考えた末《すえ》、屋敷《やしき》の隅《すみ》に小屋《こや》を建て、その中へ木馬を造《つく》らせてすえつけました。その背中《せなか》の上には昔《むかし》の鞍《くら》を置《お》きました。そしてお祖父さんは羽織袴《おりはかま》でそれに乗り、根鞭《ねむち》を叩《たた》いて、掛声《かけごえ》をかけました。

「はいよう。はいよう。」

馬の首が動《うご》くようになっていましたので、

「どうどう。どうどう。」

そんなことを言って、手綱《たづな》を引ぱりました。その度《たび》に木の首ががっちゃんがっちゃんと言いました。でも、生きた馬に乗っていたときより、この木馬のときの方が不思議《ふしぎ》とお祖父《じい》さんは勇《いさま》しく見えました。鞭《むち》を絶《た》えず馬具《ばぐ》の上で鳴らして、すごい掛声《かけごえ》で、どなりました。

そのうちにお祖父さんの体は鞍《くら》の上で躍《おど》り上りはね上りました。じっとしている木馬なのに、これは不思議なことでした。あるときなど、お祖父さんはその木馬から落《お》ちまでしました。これは稽古《けいこ》があまり激《はげ》しかったせいかも知れません。

お祖父さんはそうした稽古を、子供《こども》たちに見られるのをきらいました。小屋《こや》にはちゃんと戸をしめ、戸にはちゃんと内から錠《じょう》を下しました。ところが、子供の方では生きた馬より、ずっとずっとこの方が好《す》きで、お祖父さんの掛声を聞くと、小屋の戸口にたかって、節穴《ふしあな》や、板《いた》の隙間《すきま》からのぞきました。そしてにッと滑稽《こっけい》な顔をし合ったり、くすくすとしのび笑《わら》いをしたりしました。

お祖父さんが稽古を終《お》わり、内から戸の錠をはずしかけると、子供らはぞろぞろつながって、納屋《なや》や倉《くら》の間のようなところへ隠《かく》れていき、お祖父さんが、汗《あせ》だくだくになって家の中へ入ると、またそこから出て来ました。そして、みんなで、こっそり戸をあけて鼠《ねずみ》のように中へもぐりこみ、馬の背中《せなか》へ、一どに五人も六人もかたまって跨《また》がりました。一とうまえの子は、おし出されて、首に抱《だ》きつきます。一とうあとの一人《ひとり》は後へすべり落《お》ちそうになるので、後《うしろ》向《む》きになって、尻《しり》のところを両手《りょうて》でつかんだりしていました。

始《はじ》めの内はみんなは声を立てないようにして、手綱《たづな》だけを引いて、首をぎっこんばったんと動かすばかりでしたが、そのうちには、いつでも喧嘩《けんか》を始めました。何にしても手綱を引張《ぱ》るのが一番面白《おもしろ》いので、僕《ぼく》が持《も》つ、僕に持たせろ、と争《あらそ》い始めるのです。

みんなは、かわるがわる少しの間ずつしか持てないので、自然《しぜん》引張り方が荒《あら》っぽくなり、しまいには「はいよう――。」などと、お祖父《じい》さんの掛声《かけごえ》を真似《まね》るものさえ出て来ました。

すると、木馬に乗《の》れないでいる一人が節穴《ふしあな》から外を見て、そらっ、お祖父さんだ、とおどかします。みんなはばらばらと木馬から下りて、その腹《はら》の下に縮《ちぢ》こまってしゃがみ、声を殺《ころ》していました。でも木馬の腹《はら》を下からみると、中ががらんどうで、何だか滑稽《こっけい》なのでそのまままた、そこで遊《あそ》び始めるのでした。

お祖父さんはこんなときには、子供《こども》らが馬具《ばぐ》をこわすのを心配《しんぱい》して、座敷《ざしき》の方で、「えへ――ん」「えへ――ん」と言いました。でも、しまいには負《ま》けて、子供たちが小屋《こや》の中へはいっても、だまっていました。それからつぎには自分で子供らのところへやって来て、馬の乗り方を教えたりするようになりました。自分でも乗《の》って子供《こども》に見せました。

お祖父《じい》さんの部屋《へや》の側《そば》にある松《まつ》の木に鳩《はと》が巣《す》を造《つく》ったことがありました。お祖父さんはこれをとても喜《よろこ》びました。折々《おりおり》縁側《えんがわ》へ出て木の上を舞《ま》うている大きな鳥を眺《なが》めていました。

ところが、ふとその頃《ころ》から病気になりました。そして子供らが木馬で騒《さわ》ぐ声を聞きながら、鳩の子がまだ巣立《すだ》たないうちに亡《な》くなってしまいました。お祖父さんの葬式《そうしき》には馬が三頭、昔風《むかしふう》の美しい鞍《くら》をおいて、お供《とも》をしました。

＊1　長押……柱から柱へ渡して壁に取りつけた横木。

＊2　金棒……鉄棒。

＊3　五里……距離の単位。一里は約三・九キロ。

異人屋敷《いじんやしき》

幼《おさな》いころ、私《わたし》たちは西洋人のことを異人《いじん》とよんでいました。私たちの村には女の異人が住《す》んでいました。

その異人の犬は胴《どう》が細くて、足がとても長かったのです。毛はラシャのようで、黒いのも、茶褐色《ちゃかっしょく》のも、ようかん色のもありました。黒いのはピカピカ光っていて、海軍《かいぐん》の軍人《ぐんじん》が着《き》ている外套《がいとう》の軍艦《ぐんかん》ラシャというのにそっくりでした。だからとてもえらく見えました。もしかしたら、異人の海軍の軍人があの女の異人に魔法《まほう》を使《つか》われて、犬になって、駆《か》けているのではないかと、一人《ひとり》で思ったりしました。

茶褐色の奴《やつ》は年よりじみていました。きっと異人の年よりが、あんな犬にされたのです。

眼《め》だって、異人《いじん》のような青い眼をしています。古ぼけた異人帽《いじんぼう》をかぶせたら、年よりの異人になって、杖《つえ》をついて歩き出すかも知れません。

ようかん色のはとてもよく走る奴《やつ》です。いつもどんどん駆《か》けていました。あっちへ駆け、こっちへ駆け、方々の土の中に鼻《はな》を突《つ》っこみくの字のように、8の字のように、からだをひねって、それはいそがしく駆け廻《まわ》っていました。

これは狼《おおかみ》が犬になったのだと、私《わたし》は考えました。第一、こいつは私たちを見ると、一番さきに駆け寄《よ》って来るのです。そして黙《だま》って一二間《けん》先に立ち止り、そこから鼻を突出《つきだ》して、フンフン言い言い側《そば》に寄《よ》って来るのです。ほえも、うなりもしませんが、それでもとても恐《こわ》かったのです。

異人屋敷《いじんやしき》は周囲《しゅうい》がトタン塀《べい》で囲《かこ》ってありました。そしてその外に大きなポプラの木が茂《しげ》っていました。その塀に私たちはよく小便《しょうべん》をひっかけました。だって、バリバリという音が面《おも》白《しろ》かったのですもの。すると、じき、ようかん犬がやって来て、塀の下から長い頭をのぞけます。足をくいつかれるかと思って、びっくりして、私は飛《と》びのきました。

すると、犬の方でもびっくりして、頭を引っこめようとしましたが、今度《こんど》は頭がトタンに引っかかって引っこめなくなってしまいました。

私《わたし》たちは二間《けん》も離《はな》れて、それを眺《なが》めておりました。犬はあせって、頭を右に向《む》け、左に向け、眼《め》を白黒させていましたが、そのうちに、私たちがワナにかけたとでも思ったのでしょうか。首を斜《なな》め上に向けて、ギャッというような声を出すと、大きな口を開けて、上のトタンに噛《か》みつきました。白い歯《は》が鋸《のこぎり》の歯のようにギザギザに列《なら》んだ、それは、ものすごい口でした。それからは私たちは、その犬を狼《おおかみ》々《おおかみ》と呼《よ》んで、みんなで恐《こわ》がりました。

こんな犬が走り廻《まわ》っているのですから、異人屋敷《いじんやしき》はそれは不気味《ぶきみ》なところだったのです。

異人の家は小高い壇《だん》の上にありました。その下に広い芝生《しばふ》があって、その中に大きな花畑《はなばたけ》がありました。色々な花がさいていました。紅《あか》い小さなコップ型《がた》の花や、小指《こゆび》ほどしかない白い百合《ゆり》や、実《み》がつるつる坊主《ぼうず》のようになる気味《きみ》の悪い草などと、何十という種類《しゅるい》があって一々覚《おぼ》えていることは出来ません。鮮《あざや》かな色をした、黄色や、紫《むらさき》や、白や、紅《あか》やの花が、一色ずつかためて植《う》えてあります。それぞれ美しい一枚《まい》ずつの色紙を見るように思えました。

屋敷の外を通ると、風につれてとてもいい匂《におい》がして来るので、みんな鼻《はな》をふんふん言わせたり、息《いき》を深《ふか》く吸《す》いこんだりしました。そのうちにだれかしら、異人はその花から薬《くすり》をとるんだと言いはじめました。

「この花、ジキタリスと言います。心臓《しんぞう》の薬《くすり》とれます。死《し》ぬ人、この葉《は》で生きかえります。この円い実《み》、これから出る乳《ちち》から、モルヒネという薬とれます。眠《ねむ》り薬。だれでも飲《の》むと眠ります。」

異人《いじん》がこんなことを言ったというのです。それから私《わたし》たちはこの花畑《はなばたけ》をも恐《こわ》がり出しました。鮮《あざ》やかだった花の色も毒々《どくどく》しい色に見えて来ました。いい匂《におい》も気味《きみ》の悪《わる》い匂になりました。それが匂《にお》って来るときには鼻《はな》をおさえて駆《か》け通りました。匂いをかいだので眠くなりはしまいかと心配《しんぱい》したり、眼《め》がまいそうになったといって困《こま》ったりするものもありました。

異人は顔のぐるりに真白《まっしろ》なかぶりものをしておりました。ちょうど白いものの中から顔をのぞけているような形です。そして体には真黒《まっくろ》なふわふわしたものを着《き》ていました。見れば見るほど、私たちには魔《ま》法使《ほうつかい》のようにしか思えませんでした。

それに首から、金のピカピカ光ってる鎖《くさり》を下げ、その先から、これもピカピカの十の字の形の金具《かなぐ》を胸《むね》の上につるしていました。これが魔法使のしるしのように思われました。

ある日のことでした。私は三四人の友だちと一しょに、異人屋敷《いじんやしき》へ遊《あそ》びにいきました。そこの料理人《りょうりにん》になって来た人の子供《こども》が私《わたし》たちの学校へ新しく入って来たのです。それが異人屋《いじんや》敷《しき》を見せてやろうというので、恐々《こわごわ》ついていきました。

門から見ると、異人は花畑《はなばたけ》の真中《まんなか》で、高いいすに腰《こし》をかけていました。側《そば》には高い机《つくえ》があって、その上に木の枝《えだ》でつくった止り木にとまったハトのような鳥が置《お》いてありました。でもハトとはちがい長い頸《くび》のところの羽根《はね》が紫色《むらさきいろ》に光っており、あとは黄色や赤や黒色の斑《まだら》になっていました。はじめ、じっとして動《うご》かなかったので、私はこれを造《つく》った玩具《おもちゃ》の鳥かと思いました。

ところが異人が人さし指《ゆび》を立てて鳥の前へ出し、何かペチャクチャ言い出すと、その鳥は首を傾《かし》げ傾げしはじめました。

それを見て私は、もしかしたらこれは動く玩具ではないかと思いました。けれども、異人が話を終《お》えると、今度《こんど》は鳥が、分らない異人の言葉《ことば》でいろんなことを言いはじめたのにはおどろきました。鳥が一しきり話すと、異人がまた何か言いました。今度鳥が何かを言うと、異人はほほほと笑《わら》って、机の上の綺麗《きれい》なふた物に手をかけました。鳥はそれを見るとフワリと止り木から机の上へ下りて、ふた物の側へ来て大きく口を開けました。

異人《いじん》はまたほほほと笑《わら》って、ふた物の中から円いものをつまみ出して、鳥の口に入れてやりました。鳥は首を上げ下げしてそれをのみこむと、また大きく口を開けました。異人はまた一つ円い餌《えさ》を入れてやりました。そしてふた物へふたをしました。

でも鳥はいつまでもそのまま立っていて、口ばしでふたをつッついたり、足で引っかいて見たりしながら、不思議《ふしぎ》そうに首を傾《かし》げていました。

それから異人は机《つくえ》の上から小形な本をとって片手《かたて》にもって、しばらく読んでいましたが、いつまでも鳥がふた物をつッつくので、鳥を見て、何か叱《しか》るようなことを言いました。

すると、鳥はその意味《いみ》が分かったのでしょう。ピョンと止り木の上へ飛《と》び上り、その上をあちこちと歩き廻《まわ》りながら、異人の言葉《ことば》で、分らないことを、くりかえしくりかえし言い散《ち》らしました。異人は、もうそれにかまわず、一心に本に見入っていました。そのときになって、私《わたし》たちはやっと気がついたように、

「何て鳥だろう。」と、言い合いました。料理人《りょうりにん》の子の話では、九官鳥《きゅうかんちょう》って言うんだそうでした。

また或《ある》とき、私たちは異人屋敷《いじんやしき》へいって、異人から二三間《げん》も離《はな》れて立っていました。異人

は芝生《しばふ》にいすを出して腰《こし》をかけていました。そしてみんなに向《むか》って何かしきりに話しかけました。みんなは分らないので、たがいに顔を見合わせて、

「何だい。」

「何言っているんだい。」

「え？」

と、こそこそ言い合いました。すると、料理人《りようりにん》の子が、「うん、分った。」と言って駆《か》けだしました。みんなも、それについて駆け出そうとしますと、

「そこに待《ま》っているんだよう。」と、その子が言ったので、仕方《しかた》なくそこに立っていました。でも、異人《いじん》が、また何か言やアしないか、恐《こわ》いことにでもなったらなお困《こま》るしと、みんな心細い気がしました。中には異人の方へ背中《せなか》を向けて花畑を見るようなふりをするものもありました。

　少したつと、料理人の子は帰って来ました。見ると、カバンのような、箱《はこ》のようなものをさげています。異人はそれを受《う》けとると、にっこりして何か言いました。それが何だか「キュウ・キュウ。」というように聞こえたので、みんなクックックッと笑《わら》いました。後で料理人の子

に聞いたら、それは、ありがとうッて言ったんだというので、みんなの間で、キュウキュウッていう言葉《ことば》がはやりました。サンク、ユウっていう言葉のクユウばかりを聞きかじったのです。

異人《いじん》は料理人《りょうりにん》の子が持《も》って来た箱《はこ》を開きはじめました。みんなは何が出るかと、だんだんに側《そば》へよっていきました。金《きん》ちゃんという子は、みんなをおしのけて、前へ前へと出るので、高《たか》さんという子が後から、とっと、おして「ほらあ。」と、おどかしました。金ちゃんはびっくりして思わず「キャッ。」と大声を出しました。それから二人《ふたり》は、小さい声で喧嘩《けんか》をしたりしました。

そのうちに箱が開いて、中から不思議《ふしぎ》な機械《きかい》が出て来ました。それは幻燈《げんとう》の機械よりももっと立派《りっぱ》で、もっと入り組んでいました。異人は、それへ三本の木の脚《あし》をつけて、地べたへすえつけました。

「あれ、きっと遠眼鏡《とおめがね》だよ。僕《ぼく》たちに星を見せてくれるんだよ。」

金ちゃんがこんなことを言いましたが、料理人の子に聞いて見ると、それは写真をとる機械だったのです。

それを聞くと、みんなはもじもじ始《はじ》めました。そのころは写真《しゃしん》をうつすと、寿命《じゅみょう》がちぢまると言って、村ではだれもうつしたものはありません。異人《いじん》が何か言うと料理人《りょうりにん》の子はみんなに列《なら》べ列べと言いました。

それで、もう仕方《しかた》なく、みんなは不承不承《ふしょうぶしょう》に五人で一列に列びました。異人は機械《きかい》をみんなの前にすえつけ、硝子玉《ガラスだま》の側《そば》へ来て、みんなの方をねらいました。玉はまるで水のようにすきとおっています。その奥《おく》は暗《くら》くなっているようです。私《わたし》たちはへんに気味《きみ》がわるくなって来ました。

それから異人は、箱《はこ》の後へまわって黒い布《ぬの》をかぶり、越後獅子《えちごじし》のような、かっこうをして、私たちの方をねらいました。あたりが暗《くら》くなって来るようなきがしました。きっと異人は、あの中で頭に角を生《はや》し、口を耳まで裂《さ》きひろげ、狼《おおかみ》のように目をむいて私たちの方をねらっているのだと私はおもいました。

だって、そうでなければ、あんな黒い布《ぬの》の中へ顔や頭をかくさなくてもいいはずです。

でも間もなくカチリと音がしたとおもうと、異人は、にっこりして顔を出しました。私たちは、ほうっと、ため息《いき》をつきました。

雪がとけた春のはじめでした。ある日みんなで異人屋敷《いじんやしき》の側《そば》を通っていると中からオルガンの音が聞えて来ました。それで私《わたし》たちは屋敷の中へ入っていきました。そのころは、いくらか異人にもなれて恐《こわ》さも少し減《へ》っていました。

そこへ料理人《りょうりにん》の子がやって来ました。聞くと、今日《きょう》は異人の家で礼拝《れいはい》があるんだというのです。異人たちがたくさん集《あつま》って、あの家の中でキリストを拝《おが》んでいるというのです。何のお祭《まつり》だったのでしょう。屋根《やね》の上には異人の旗《はた》が高く上っていました。旗には、黄色と赤とで、不思議《ふしぎ》な絵がかいてあるようでした。それが風にあおられて、バタバタと音を立てていました。日は暖《あたた》かく光ってその赤れんがの高い家全体《ぜんたい》に当っていました。地面《じめん》からは湯気《ゆげ》が煙《けむり》のように立ち上り、その後から陽炎《かげろう》がユラユラと、炎《ほのお》のようにゆらいでいました。

「どんなお祭をしているんだろうな。」

などと話し話し、みんなで異人の家をながめていました。異人たちは家の中で分らない歌をうたっています。姿《すがた》は見えなくても私には、何だか、その一人一人《ひとり》が鳥のように思えて来ました。だってみな黒い、ふわりとした服《ふく》を着《き》ているのでしょう。そしてみな高い鼻《はな》をしているのでしょう。烏天狗《からすてんぐ》っていうのは、もしかしたら、あんなのかも知れないと考えたりしました。歌の声だって、人間らしくなく、まるで魔《ま》ものの声のようでした。

と、そのとき、じっと異人《いじん》の家を見つめていた一人《ひとり》が、「おい、見て見ろ。見て見ろ。異人の家がユラユラゆれるぞ。」と、言い出しました。みんなは目をとがらせて見つめました。と、どうでしょう。ぐるりに陽炎《かげろう》がもえているので家がユラユラゆれているように見えました。

「ゆれてる。ゆれてる。」

一人が、びっくりして言ったので、みんなも本気になって、いかにも不思議《ふしぎ》そうに顔を見合わせました。家がゆれているのは、異人がお祈《いの》りをしているせいだと料理人《りょうりにん》の子が言いました。それでみんなは、また家を見つめました。異人の歌はいよいよ高くひびいて来ました。

私《わたし》は夏休に親類《しんるい》へ泊《とま》りにいって、いく日かして帰って来ました。帰って見ると、異人屋敷《いじんやしき》が二三日前に火事《かじ》で焼《や》けたという話を聞きました。それで、その翌朝《よくあさ》、すぐ屋敷へ駆《か》けていきました。

門に立ってながめると、ほんとに家は焼けており、屋根《やね》も落《お》ちて、れんがの壁《かべ》だけが残《のこ》って煙《けむり》で真黒《まっくろ》になっていました。なぜ焼《やけ》あとを片《かた》づけないのでしょう。家のあった壇《だん》の上には色々のものが炭《すみ》になって崩《くず》れ散《ち》ったり、高く盛《も》り上ったりしていました。門も開いたままで、花畑《はなばたけ》なぞもめちゃめちゃにふみ荒《あら》されていました。私《わたし》は恐《こわ》くて中へははいれませんでした。ふと見ると、門の側《そば》のポプラの木の下にきれいな鳥の羽根《はね》が三本散らばって風でかすかに動《うご》いていました。あのものを言う鳥の羽根でしょう。私《わたし》はそれを三本とも拾《ひろ》って駆《か》けて帰りました。その後も異人屋敷《いじんやしき》はいつまでもそのままで、煤《すす》けたれんがの壁《かべ》に、さびしい雨がふったりしていました。

引《ひ》っ越《こ》し

善太《ぜんた》が、朝、学校へいそぐとちゅう、電車の踏切《ふみきり》のところへいくと、あの通せん棒《ぼう》が下りて来ました。そのとき、目の前のレールのそばに落《お》ちている光ったものが目につきました。首をのばしてのぞきこむと、新しい大きな呼子笛《よびこぶえ》です。車掌《しゃしょう》が鳴らす、あの笛なんです。きっと車掌が落としたんです。

電車の来るのが待《ま》ちどおしく、そのあいだにだれかに拾《ひろ》われそうでなりません。足を棒の下にさし入れ、手もとにかきよせようかと思ったのですが、これは踏切番《ふみきりばん》のおじさんに叱《しか》られそうで、一心に光っているその笛を見つめていました。そのとき、そばに自転車《じてんしゃ》を引いた酒屋《さかや》の小僧《こぞう》だの、カバンをかけた中学生だの、二、三人いましたから、

「あの笛《ふえ》、ぼくんだ。」と、ひとりごとのようにいってみましたが、だれも何ともいいませんでした。すると、ちょうど電車が通ってしまったので、棒《ぼう》の下をくぐって、その笛に手をのばしました。思った通り、踏切番《ふみきりばん》のおじさんがどなりました。

「こらッ。」

でも、よかったのです。笛をポケットにつっこむことができました。そして通せん棒が上がると、踏切をかけぬけました。かけぬけると、どんなに笛が見たかったことでしょう。しかし、まわりに人がたくさん通っていますし、小学生だって、何人もいるもんですから、

「あッ、君、それ拾《ひろ》ったの。あ、あ。」なんて、いわれるとこまると思って、それなり学校へ来てしまいました。学校へ来ると、なおそれを見るところがなくて、いつもポケットの中でにぎりしめておりました。でも、うれしくて楽しくて、休み時間でも、だれともあそばないで、ひとりポケットの笛をいじくりながら、運動場《うんどうば》のすみに立っていました。ともすると、ひとりでわらえそうでなりませんでした。

その日、善太《ぜんた》の家は引《ひ》っ越《こ》すことになっていました。どこへ引っ越すのか知らなかったのですけれども、善太が帰るころ、おとうさんの友だちがトラックを持《も》って来ることになって

いました。これに荷物《にもつ》を積《つ》んで、それからおとうさん、おかあさん、善太《ぜんた》、三平《さんぺい》と、みんな乗《の》っていくことになっていました。

トラックに乗って、車掌《しゃしょう》の笛《ふえ》をふいたらどんなにおもしろいことでしょう。善太は運転台《うんてんだい》に乗せてもらいます。まず発車《はっしゃ》のときにピリリリッとふき鳴らします。それでゴトゴトと出ていきます。曲《ま》がり角《かど》へ来たら、またピリピリリッてふきます。そこは徐行《じょこう》ということになります。

それから、そうです、トラックのプウプウっていう、あの警笛《けいてき》を鳴らさせてもらいます。すると、道で友だちにあうでしょう。そうしたら、それを二度《ど》も三度もならしてやります。友だちは善太の家のトラックと思うかも知れません。岸本君《きしもとくん》や末光君《すえみつくん》だったら、トラックを止めてもらって、善太のそばへ乗せてもらってやりましょう。それからみんなで呼子《よびこ》をふいたり、警笛を鳴らしたりして乗っていきましょう。トラックがもうれつなスピードを出すと、どんなにおもしろいことでしょう。そして道が遠いんだと、なおおもしろいことになりましょう。

こんなことを考えて、教室にはいったり、運動場《うんどうば》にいたりしているうちに、とうとう四時間の時間がたちました。いよいよ終《お》わりの五時間目になりました。

教室へはいって、*1読本《とくほん》を出したのですが、先生のことばも聞こえず、目の前の読本の字も見えず、ポケットの中でにぎっている笛《ふえ》にばかり気をとられておりました。そのうち、だれかがすみのほうで読本を読みだしたようすです。このあいだに――と、善太《ぜんた》は思ったのです。だって、朝、踏切《ふみきり》で拾《ひろ》ってから、もう四時間、一度《ど》も目の前へ持《も》って来て見たことがないんですもの、どんなんだったか、わすれてしまったような気がするのです。もしかしたら、笛でなかったかも知れません。ただのブリキの管《かん》なんかだったら、どうしましょう。また頭のとれた鳴らない笛だったらどうしましょう。そう思うだけでさえ、胸《むね》がドキドキするようです。

でも、もう見ることにしましょう。どうしても、見ることにきめましょう。そこでちょっと先生のほうを上目をして見て、ポケットから笛をにぎったこぶしをさっと出して、ひざの上へ置《お》いて見ました。さあ、この中から何が出るでしょう。パッと開いて、パッとふさぎました。やっぱり笛です。光っています。そこでまた、パッと開いてパッとふさぎました。それから先生のほうと、そばの岸本君《きしもとくん》のほうを横目《よこめ》で見ました。だれも知らないようです。こんどはそろそろと手を開いていきました。まったく大きな呼子笛《よびこぶえ》です。頭に、まるい環《かん》さえついております。てのひらの上でソロッところがしてみました。

おお、大へんです。もすこしで下に落《お》ちかけました。こんどは頭のところを持《も》って、そうっと吹口《ふきぐち》をくちびるにあててみました。次《つぎ》にくちびるにおし入れました。こんどは、歯《は》でかんでみました。と、急《きゅう》にじれったくなって、がりがりかみくだきたいような気がします。でも、それをこらえて、そうっと息《いき》をふき入れました。ほんのちょっと、息が出るか出ないくらいです。だって、鳴ったら大へんですもの。ふくまねだけしてみるんです。うれしいようで、こわいようで、どうきがして、からだが熱《あつ》くなりました。

おお、こわかった。こわかった。何だか、笛が鳴ったような気がしたんです。大急《おおいそ》ぎで笛をポケットにつっこみ、手をひざにおいて、読本《とくほん》をのぞきました。だけど、どうしてもポケットに手が入れたくなるのです。入れると笛がにぎりたく、にぎると、取り出して見なければ、見ると、くちびるにあてなければ、あてると、そっとふいてみなければ——。ほんとにどうしたらいいでしょう。

その、そろそろとふいているときでした。善太《ぜんた》はハッとして、まわりを見まわしました。

いま、はげしい笛《ふえ》の音《ね》が聞こえたのです。だれがふいたんでしょう。が、大へんなことになりました。みんなの顔が善太《ぜんた》のほうを向《む》いているのです。でも、ふきやしないように思ったのですが、笛がひとりでに鳴ったのです。

「松山《まつやま》っ。」

先生がよばれました。善太はすぐつっ立ちました。そして笛を持《も》って先生の前へいき、おじぎをしました。それから笛を先生の机《つくえ》の上へ置《お》きました。

「先生、ごめんなさい。」

そういおうと思ったのですけれども、善太はど、ど、どもりなもんですから、こんなときは何もいうことができません。ただ、おじぎをしたばかりで帰りかけました。すると、先生が、またよばれました。善太が、まだもじもじして、何かいおうとしていわないでいますと、先生は教壇《きょうだん》からおりて来て、善太の肩《かた》をおして、教壇のそばのかべの前へつれていかれました。

「さ、ここに立っていなさい。松山は今朝《けさ》から笛ばかりいじっていたらしいね。そんなに笛がふきたかったら、ここでいくらでもおふき。」

こういって、先生は、うすわらいをなさりながら笛をとって来て、善太の手に持《も》たせました。だけど、どうしてそんなに笛《ふえ》がふけましょう。ただ持《も》っているだけで立っていました。

すると、先生はまたいわれました。

「さあ、おふき。」

そのとき善太《ぜんた》は、

「もうしませんから、先生ごめんなさい。」といいたかったのですけれども、やはりどもって、口をモグモグさせるばかりでした。で、仕方《しかた》がないので、手を上げて、笛を口にくわえました。すると、ほうぼうでクスクスというわらい声が起《お》こりました。でもいっしょうけんめいだったので、ちょっとのあいだは何も考えませんでしたが、そのうちに、笛をくわえている口がつかれてきて、口のすみからよだれがタラタラたれてきました。それをふこうとしたとき、もう床《ゆか》の上に落《お》ちていました。

「あ、よだれ。」

そういったものがあったので、みんなが一度《ど》に、どっとわらいました。それで善太は、よだればかりか、なみださえポタポタ落ちてきました。

ながい時間でした。やっとのことベルが鳴りました。善太は、ほっと息《いき》をつきました。何でもいいや。早く帰って、トラックに乗《の》せてもらおうと、そんなことを思いました。

みんなが、ガヤガヤ帰る用意《ようい》をはじめたので、いまに先生が「帰ってもよろしい。」と、いわれるだろうと、先生の顔ばかり見つめていました。だけど、先生は何もいわれません。

「礼《れい》っ。」と、組長《くみちょう》がよんで、みんなが礼をして、廊下《ろうか》へ出はじめました。それでも先生は何もいわれません。善太《ぜんた》は心細くなってきました。

「先生、ぼくんち、きょう引《ひ》っ越《こ》しなんです。」

こういいたくて、何度《なんど》も口をあけようとしましたけれども、やはり、ただおどおどするばかりでした。すると、先生がいわれました。

「松山《まつやま》は笛がふきたりるまで立っていなさい。たりたら先生のところへいって来なさい。」

そういうと、先生は、またうすわらいをなさりながら、いってしまわれました。あとには当番の連中《れんちゅう》が残《のこ》りました。が、この連中はひとりも善太に話しかけようとはしません。知らない人間のようなふりをしているのです。善太はしだいに顔がほてってきて、ふいてもふいても、なみだがとまりませんでした。

早く帰らなければ、家は引っ越してしまうのです。もう家の前へトラックが来て止まっているころです。もう荷物《にもつ》は積《つ》んでしまって、ゴトゴトゴトゴト機械《きかい》が動《うご》きはじめてるかも知れません。どうしてさっき、そのことを先生にいわなかったのでしょう。そういったら、先生だってきっと許《ゆる》してくださったのです。あああ、もうトラックの音が聞こえるようです。動いているのが目に見えるようです。

善太《ぜんた》は、じっとしておれないような気がしてきて、教員室《きょういんしつ》のほうへかけ出しました。戸口からのぞくと、あれっ、ちょっとの間だと思ったのにもう先生はおられません。そこで便所《べんじょ》のほうへかけていって、そこいらをうろついてみました。それから、ほうぼうの教室を走りまわったり、応接室《おうせつしつ》をのぞいて見たりしました。どこにも先生はおられません。小使《こづかい》さんの部屋《へや》にもおられません。そうしているうちにも、ますます気持ちがいらいらしてきて、家に、もう貸家札《かしやふだ》が張《は》りつけられ、戸がしまってるありさまが、目にうかんできました。どうしたらいいんでしょう。帰ってもいくところがなくなります。

ちょうど、そのとき善太は玄関《げんかん》のげた箱《ばこ》のところへ来ていました。そこで、いらいらしてからだをゆすっていました。が、どうしても、そうしておれなくなって、上ぐつのままかけ出しました。まるで競走《きょうそう》のようなスピードです。校門を目がけて一直線に走りました。校門を出ると、すぐ右に曲《ま》がり、電車道の方へかけました。電車道のそばに来ると、息《いき》が切れて走れなくなりました。そのときに気がつくと、手にしっかり笛《ふえ》をにぎっていました。それで、すぐそれを口におしこんで、大変《たいへん》ないきおいでふきだしました。

「ピリリリリ、ピリリリリ、ピリリリリ。」

息のつづくかぎり、腰《こし》をおりまげ、おりまげしてふきました。地に顔をつけるようにしてふき鳴らしました。すると、何だか気がむしゃくしゃしてきて、笛を奥歯《おくば》でガリガリかんでみました。それがかみくだけないと、こんどは、それを土の上に力一ぱい投《な》げつけてみました。くつで何度《なんど》もふみつけてみました。それでも、どうにもならないので、こんどは電車道へ力をこめて投げつけました。笛は電車線路《でんしゃせんろ》の小石にあたって、はねかえり、向《む》こうのレールの間にころがりました。しばらく善太《ぜんた》は立って見ていましたが、一台の電車も通りません。通ったところで、笛はどうもならないでしょう。善太はまた笛を拾《ひろ》いにかけ出したくなりました。笛がほしいばかりではありません。何だかあぶないことがしてみたくなったのです。

そして、とっと、電車線路の中へ走り出そうとしたときでした。うしろから肩《かた》をつかまえられました。そして、

「あぶないあぶない。」という声がしました。ふりむくと、それは先生でした。

「ああ、あぶなかった。」

先生がまたいわれました。ちょうどそのとき電車が目の前をシューッと走って通りました。

「先生、ぼくんち、きょうは引《ひ》っ越《こ》しなんです。」

善太《ぜんた》はまたいおうとして、口をモグモグやりました。

「わかってる。わかってる。」

先生がいわれました。

「いまね、おかあさんが学校へよびに見えたんだよ。それで、先生、ずいぶんさがしたんだよ。」

善太は、なみだが出そうになってきました。と、すぐ近くへ歩いて来るおかあさんの笑《え》顔《がお》が見えました。

「トラックが待《ま》っているんだよ。」

近くよって来ると、おかあさんがわらいながらいいました。

*1　読本……国語の教科書。

母ちゃん

いく日もいく日もふっていた雨が、やっとあがりました。お日さまはうれしそうに、まっ黄いろになって、かんかんてっています。正太《しょうた》のお母さんはおせんたくでたいへんです。張《はり》物板《ものいた》を縁《えん》がわの戸袋《とぶくろ》にもたせかけ、そばに大きなたらいをおいて、ジャブジャブジャブジャブとシャボンの泡《あわ》を立ててあらっています。張物板からは湯気《ゆげ》が立ちのぼっています。

正太は今日《きょう》はあたらしいお靴《くつ》をはかせてもらったのでとてもうれしいのです。

「母ちゃん。」と言い言い、そのへんをよちよち歩いてはたちどまり歩いてはたちどまりしています。

「なアに、正ちゃん。」

「あんあんあん。」

正太《しょうた》は足を、けるように上げてお靴《くつ》のさきを見て、それからお母さんの方を見て、そしてお母さんのまわりをくるくる廻《まわ》って見ます。

「母ちゃん、ぼくの足、よろこんでるの。」

「そう、足もよろこんでるの。」

正太はもう少し遠くへ歩いていきたくなって三四間《けん》、門の方へよちよちといきましたが、ふと気になって立止りました。

「母ちゃんは？　いる。いる。」そこでまた三四間よちよちすすみました。母ちゃんは？　いた。いた。ですが、よく見ると、母ちゃんをもうこんなに遠くはなれてしまいました。

「母ちゃアん。」と、さけんで、正太は小走りにもどって来ました。靴のことなぞはもう忘《わす》れて、ただ、お母さんだけを目あてに走りました。お母さんは両手《りょうて》をひろげて待《ま》っていました。

正太はその手の中にとびこんで、お母さんの胸《むね》に顔をうずめて、ほッと、あんしんしました。

「母ちゃん。」と言い言いそっと顔を上げて見ました。やはりお母さんです。正太のお母さんです。それでまた顔をうずめました。

「さあ、もういいの。」

お母さんにそういわれて、正太《しょうた》はまたかけ出しました。二間《けん》いってはふりかえり、三間いってはまたふりかえり、五間目にはかけもどって、お母さんにしっかりだきつきます。そして又《また》かけ出しました。何てうれしいことでしょう。こんなに遠くへ来られるようになりました。こんなに遠くに来てもお母さんはどこへもいきません。でもお母さんがいなくなったら、たいへんです。用心しないではいられません。

「やっぱり、母ちゃんだ。」と、正太はかえって来るたびにそうおもいました。こうしてだんだんと正太は、お母さんからはなれても、お母さんがいなくなることはないと分りました。そこでだんだんに遠くへいき、しまいにはとうとう庭《にわ》の一ばんはしっこにある鶏小屋《とりごや》のところまでかけていきました。そこは今まで正太が一人《ひとり》では行ったこともない遠いところです。

「母ちゃん。母ちゃん。」とよんで見ました。遠くへ来たでしょうというばかりではありません。もし、あのおせんたくをしている人がお母ちゃんでなかったら、どうしようと思ったからです。が、やっぱりそれは正太の母さんでした。ああよかった。そんなら一つこの鶏小屋を廻《まわ》ってやろう。正太は鶏小屋のかげにかくれました。それと一しょにお母さんが見えなくなりました。お母さんのいないところは何てさびしいんでしょう。お母さんにもう会えないのだったらどうしましょう。だってこうしてる間にお母さんはひょいと見えなくなってしまうかもしれません。正太《しょうた》のいけないところへいってしまうかも知れません。正太はうろたえました。どきんどきんと動《どう》きが打《う》つような気がしました。引き返《かえ》そうか。前へいこうか。やはり前へいきました。とり小屋《ごや》のかげから出て見ると、おお、いた、いた。お母さんがちゃんといました。

正太は心も身体《からだ》もおどるようです。で、はねるようにかけ出して、お母さんの腕《うで》の中にとびこみました。うれしくてうれしくてからだ中をゆすってわらいました。もうだいじょうぶです。お母さんはなかなかふいにいなくなってしまいはしません。そこでまた正太はかけだしました。また、鶏小屋《とりごや》を一とまわりしました。いるかしらん。いないかしらん。いた。いた。いた。またもどって、お母さんにだきつきました。

「母ちゃん、いたのね。」

お母さんは笑《わら》いました。

「いるわよ。お母さんは、どこへもいきやしませんよ。」

「ほんとう。」

「ほんとうですとも。」

「ぼくが大きくなっても。」

「えええ。正《しょう》ちゃんをおいて、どこへいくもんですか。」

「ぼく、お父さんのようになっても。」

「えええ。」

それを聞いて、正太《しょうた》はすっかり安神《あんしん》して、おちついてそこいらであそびはじめました。しかし少したつと、お母さんのそばへ来て、目をつぶりました。目をつぶっている間に、お母さんがいなくなるかどうかを試《ため》すつもりなのです。永《なが》く永くつぶっていようと思いましたが、でも心配《しんぱい》になって、そうっと細目にあけました。いた、いた。正太は口の内で言って、またしっかり目をつぶりました。正太は、これでいよいよお母さんがいなくなりはしないのを知って、お午《ひる》ごろまで一人《ひとり》でかけまわってあそびました。

それから後も、正太はお母さんのそばでよく目をつぶっては、ためして見ました。そしてそれが正太が学校へいくころまでのいつものくせになりました。

村の子

一

私《わたし》の尋常《じんじょう》四年のころの話です。まだあつい秋のはじめの或日《あるひ》のことでした。かーん、かーんと板木《ばんぎ》が鳴って、午後の時間がはじまりました。今考えると、そのころの一日は、今の一日の五倍《ばい》も六倍も永《なが》かったような気がします。昼になれば、朝のことを忘《わす》れてしまい、思い出そうとすると、一昨日《おととい》のことのような気がしたりしました。

その日の午後の時間は習字《しゅうじ》でした。習字の時間は特別《とくべつ》に永くて、帰って、あれをしてあそぼう、これをして、あそぼうと、くりかえし何度《なんど》考えて見ても中々時間がたちません。こんなときには、組のものたちは小刀《こがたな》でつくえに穴《あな》をあけたり、じぶんの名をほりつけたりしては、見つけられて、よくみんなの前へ立たされました。

私《わたし》は硯《すずり》に水を一ぱい入れて、ごしごしと墨《すみ》をすっていました。すると、私とならんでいる岩井《いわい》という子が、机《つくえ》のふたをあけて、中から輪《わ》にした糸を取出《とりだ》して、それを机のかげで私に見せました。

「なんだい。」と、私はそっとききましたが、岩井は何もいわないで、私にそれをよこして見せました。手にとって見ると糸の先には大きな釣針《つりばり》がついています。

「流《なが》し針か。」と、そっとたずねますと、岩井は何とも答えずに、こんどは机の中から小さな紙づつみをとり出しました。そしてそれをそうっとあけて、片目《かため》でのぞきこみました。その拍子《ひょうし》に中からぴょんと雨蛙《あまがえる》が一ぴきとび出して、机の上へぺたりととまりました。岩井はあわてて、それをおさえつけました。ばたんと大きな音がしたので、二人《ふたり》は思わず先生の方をながめて、そっと前列《ぜんれつ》の子の頭のかげに首をちぢめました。

しかし、先生も気がつかれないようです。岩井は糸をつけた釣針を私の手からとりもどして、その針の先へ雨蛙をしりからずぶりとつきさしました。そして針のつけ根《ね》の糸でぴんぴんはねる蛙《かえる》の両足《りょうあし》をくくりつけました。それから何度《なんど》も先生の方をうかがい見た後に、つばをはくようなふりをして、そばの窓《まど》をのぞきました。そして手ばやく糸を窓の下にたらし、そのはしを片手《かたて》に巻《ま》きつけて席《せき》にもどって、何くわぬ顔をして墨《すみ》をすり出しました。

ふふんと私《わたし》にはすぐわかりました。いたちをつろうというのです。その窓の下の石がきの穴《あな》に、もう一月《ひとつき》も前からいたちが巣《す》をつくっていて、何びきもが出たりはいったりしていました。穴の中でききききと鳴いたり、穴から毛だらけのしっぽや、ずるそうな小さな鼻《はな》づらをのぞけていることもありました。私たちは、雨の日の休みの時間には、よくそこに集《あつま》って、みんなで弁当《べんとう》の残《のこ》りなどを落《おと》してやりました。

「おい、来たか。」

私はいくども岩井《いわい》のひざをつッついてはたずねました。岩井はちょっと顔をふるきりでまじめくさって一しょうけんめいに習字《しゅうじ》をしています。しかし、ときどき顔をかしげたりするようすといい、片手でしきりに糸を上げ下げしているのを見ますと、いたち釣《つり》に夢中《むちゅう》になっているのが、私にはよく分りました。そのうちに、ちょんちょんと左手をつよくひっぱったと思いますと、大急《おおいそ》ぎで窓のところへいってのぞきこみました。

「釣《つ》れたか、おい。」と私《わたし》は思わず大きな声を出しました。岩井《いわい》はさっさと糸をたぐり上げていましたが、

「とれたあ。」と大きな声を出して、ぴんぴんはねる、一ぴきのいたちの子を教室の中へつり上げました。大きな鼠《ねずみ》より少し大きいくらいのいたちです。岩井はそれを、ちょっと、みんなの方へさし上げて見せていましたが、あんまりぴんぴんはねるので、こわくなって下へおろしました。いたちは、あたりをかけまわっていましたが、間もなく糸を机《つくえ》の足へ巻《ま》きつけて、からだをしばりつけてしまいました。こうなると、教室中は総立《そうだ》ちになりました。先生までが、

「ほう、これはこれは。やったね。」といいいいやって来られました。みんなは時間中だということも忘《わす》れて、

「おい、外へもってこい。外ではしらせて見いよ。」とどなるものがありました。

「小使《こづかい》さんとこから籠《かご》を借《か》りてこい。籠の中へ入れて飼《こ》うとかんか。」というものもいました。けっきょく、岩井は、いたちをもって校庭《こうてい》へかけ出しました。みんなは、わあといって、ついていきました。岩井はいたちの糸を左手でもって、いたちを土の上におろし、右手に棒《ぼう》

を持《も》って、しっしっと追《お》い立てました。いたちはちょろちょろとよく走りました。みんなはそれをとりまいて、わあッわあッと言ってかけ出しました。校庭《こうてい》のはしへ来ると、「わしに持たせい。わしに持たせい。」とみんなが言い出しました。岩井《いわい》は松山《まつやま》という子にわたしました。みんなはまたわあわあ言って走りました。途中《とちゅう》で、松山がいたちのしりを棒《ぼう》でたたいたので、いたちは立止って、きいきいいって、あお向《む》きになり、恐《おそ》ろしい顔をして歯《は》をむきました。みんなはしりごみをしてばらばらとにげかけました。そのうちに、松山は、ついゆだんをして糸の手を放《はな》しました。

するとと、いたちは急《きゅう》に元気づいて、糸を長くうしろに引いたまま、一足《いっそく》とびでにげ出しました。岩井はそれをおっかけて、糸を足でふみふみしてやっとつかまえました。つかまえると、口にささった針《はり》が痛《いた》いのか、いたちは恐ろしい顔をして歯をむきました。

「おい、しっぽをくれ、しっぽを。」と、だれかがいいました。岩井は釣糸《つりいと》のはしで、しっぽをかたくくって、口の針のところは小刀《こがたな》で切りました。そしてまたいたちを走らせようと棒でしりをたたきました。いたちは歯をむいてきりきりまいをはじめました。しっぽの糸にかみつこうとしているのです。岩井がうろたえて、

「こら、こら、こら。」といいいい、糸をひっぱりますが、いたちは、きりきりまいをやめません。間もなくしっぽの糸にかみついて、ぴょいとかみ切ってしまいました。

とりまいていたみんなは、うわァと、声を上げました。いたちは一とびにみんなの中へかけこみました。みんながこわがってきゃっきゃっ言って、道をあけると、いたちは風のようにかけとんで向《むこ》うの垣《かき》の方へはしり出しました。岩井《いわい》も松山《まつやま》も私《わたし》も、あわてて後を追《お》いかけましたが、いたちはもう垣《かき》の下をくぐって、どこかへきえてしまいました。みんなほっとしたような顔をして、こんな顔をして歯《は》をむいたなどと、いたちの話ばかりしました。

と、そのとき、窓《まど》から先生の声がしました。

「さあ、いたちがにげたら習字《しゅうじ》をやろうよ。」

みんなはぞろぞろとまた教室へかえりました。

二

その日の学校がいよいよおしまいになりました。かえる道々、七八人で、何をしてあそぼうかと相談《そうだん》しました。しまいに、帰ったら二輪車《にりんしゃ》に乗《の》ることにきまりました。みんなは道具《どうぐ》をおいて来て、村のランプのシンを織《お》る工場のまえに集《あつま》りました。工場に二輪車がありました。まだ自転車《じてんしゃ》というものがないころです。二輪車と言っても、田舎《いなか》の鍛冶屋《かじや》がつくった粗《そ》末《まつ》な二輪車です。車輪《しゃりん》も太い鉄《てつ》ですし、ハンドルも太い鉄を曲《まげ》たごつごつしたものでした。

それを坂《さか》の上へもち出して、あき箱《ばこ》を台にして跨《また》り、がらがらと坂をころばせてけいこをするのです。十日や二十日では中々乗れるようにはなりません。ころんだり、ひっくりかえったりばかりして、からだ中をすりむきます、でも、二三人は上手《じょうず》になって、足を両方《りょうほう》へ八の字にひろげ、ほかのものにハンドルにむすびつけた綱《つな》を引かせて得意《とくい》になって坂を下りました。

今日《きょう》もそんなにして一時間以上《いじょう》もあそびました。乗ったものも、引くものも、鼻《はな》の頭につぶつぶに汗《あせ》をかきました。

「おい、泳《およ》ぎにいかんか。」と岩井《いわい》が言い出しました。でもだれも返事《へんじ》をしません。赤痢《せきり》がはやっているので、川で泳いではいけないと先生からきびしく言われているからです。

「いこうよ。」岩井はもう走り出しました。みんなは、だまって顔を見合せましたが、松山《まつやま》が

「いこう。」と言って走り出しました。みんなは、つぎつぎにかけ出しました。一ばんしまいに、一とうよく泳《およ》ぐ石田《いしだ》が、のそりのそり歩いて来ました。

岩井《いわい》はもう川の堤《つつみ》を走り上りながら帯《おび》をといています。着物《きもの》がはだけて、うしろでひらひらしています。岩井は橋《はし》のそばで着物をまるめて道の上へほうり出すと、いきなりどぶんと水煙《みずけむり》を上げて、とびこみました。みんなも、ざぶんざぶんと、あとからあとからとびこみました。岩井は五六間《けん》下の岸《きし》から、蛙《かえる》のようにおよいで岸へはい上りました。そして兵隊《へいたい》のように歩調《ほちょう》をとって歩き出しました。一、二ッ、左、右ッと、じぶんでいいいい歩きます。みんなも上って来て、岩井のあとからならんで歩き出しました。中には手を口にあてて、トットトッ、トットトットーと、らっぱのまねをしていくものもいました。

岩井はそばの泥田《どろた》へはいって、泥をすねから下へぬって、兵隊が長靴《ちょうか》をはいたふうにし、胸《むね》には昔《むかし》の騎《き》兵《へい》がしていた胸飾《むねかざ》りをぬりつけました。頬《ほお》にはどろで八字ひげをかき、うではやはり昔の兵隊がしていた筋《すじ》を入れました。そして、一、二、一、二と進《すす》みました。みんなもそのまねをして、泥の兵隊になって岸を歩き、橋のところへ来ると、ざぶんざぶんととびこみました。水へ入ると泥が落《お》ちるので上ってまたぬりました。およぎの上手《じょうず》な石田は、

どうしてか、およがないで堤《つつみ》の上に立っていました。その石田《いしだ》があわてて、「おい、北村《きたむら》先生だ。北村先生だ。」と知らせました。さあ、大変《たいへん》です。みんなは泳《およ》いで橋《はし》の下ににげこんで、一本のくいにつかまっておし合いながら、「だまっとれ、しずかにしとれ。」と言い合いました。しかし気がついて見ると、だれもかれも着物《きもの》を道ばたへぬぎすてているのです。こいつはいけないと、大急《おおいそ》ぎで上へ上って来ますと、先生はもう四五間《けん》近くへ来ていられました。もうにげる間もありません。みんなはまっぱだかのまま、道の両側《りょうがわ》へならんで、おじぎをしました。先生はにこにこ笑《わら》ってとおっていかれました。

「先生、こらえて下さい。もう上ります。」と一人《ひとり》がこう言って橋《はし》の上からとびこみました、みんなもまたとびこみました。そして一時間以上《いじょう》も泳いであそぶうちに、もう日がかたむいて少し寒《さむ》くなって来ました。一人が、

「ごんごのおんじまい。また来て泳ぐ。」と、どなってとびこみました。これは河童《かっぱ》にまた来て泳ぐぞというあいさつなのです。だれもかれもそう言っては、とびこんで上って、着物を着ました。

三

その晩《ばん》のことです。夜中にふと目がさめると、どこかでどうんどうんと太鼓《たいこ》の音が聞えました。

「母さん、何なの、あの太鼓は。」と、聞きますと、母さんも目をさましていて、「島田《しまだ》の年《とし》さんの子が狐《きつね》にだまされたんじゃよ。もうだいぶ前からああしてさがしとるんじゃよ。」と言いました。

私《わたし》はこわくなって、母さんの床《とこ》の中にもぐりこみました。耳をすまして聞くと「かえせえ、もどせえ、あずき餅《もち》を三つやろう。」と、かすかにそういう声が聞えます。島田というのはとなりの村ですが、年さんの子というのはだれでしょう。私はとなり村の子の顔をいろいろ考え上げて見ました。

「良《よっ》ちゃんやあ。」と闇《やみ》の中で子どもをよんでいる声が聞えます。

「母さん、まだみつからんのじゃろうか。」

「まだじゃろうのう。おまいもこれからは、日がくれたら早う家へかえるんぞ。」

「うん。」

私《わたし》はそう言って、いつまでも太鼓《たいこ》の音を聞いていました。夜があけても、太鼓の音は遠くなり近くなりして聞えていました。そのころの村の子どもたちは、よく狐《きつね》にだまされてつれていかれいかれしたものです。

魔法《まほう》

「兄ちゃん、おやつ。」と、さけんで、三平《さんぺい》が庭《にわ》へ駆《か》けこんでいきますと、

「馬鹿《ばか》ッ。だまってろ。今、おれ、魔法《まほう》を使《つか》ってるところなんだぞ。」

兄の善太《ぜんた》が手を上げて、三平をとめました。

「魔法？」

三平は何のことだか解《わか》らず、ただびっくりしましたが、善太は大得意《だいとくい》で、ひげをひねるような真似《まね》をして言いました。

「へん、魔法だぞう。」

「魔法て何さ。」

「魔法《まほう》を知らないのかい。童話《どうわ》によく出てくるじゃあないか。魔法使《まほうつか》いっていうのがあるだろう。人間を羊《ひつじ》にしたり、犬にしたり、それから自分で小鳥になったり、鷲《わし》になったりさ。鷲になるのいいなあ。飛行機《ひこうき》のように空が飛《と》べるんだ。」

「ふうん、それで兄ちゃん、今、鷲になるところなの？」

「そうじゃあないよ。まあ、いいから兄ちゃんが見てる方を見ていなさい。」

それで三平《さんぺい》は黙《だま》って、日の静《しず》かに照《て》っている庭《にわ》の方を眺《なが》めました。そこにはけしの花が咲《さ》いていました。真紅《まっか》な大きなけしの花。黄色な小さなけしの花。白い白いけしの花。何十と列《なら》んで咲《さ》いていました。

その花の上を一羽《わ》の蝶《ちょう》が飛んでいました。小さな、白い、五銭玉《ごせんだま》のような蝶々《ちょうちょう》です。ひらひら、ひらひら。紅《あか》い花のまわりを飛んでいるかと思うと、もう白い花の上の方へ。黄色の花の中へもぐりこんだかと思うと、もう三メートルも四メートルも上の空へ舞《ま》い上り、ちらちら、ちらちら。今度《こんど》は葉《は》っぱの中へもぐりこんで、どことも知れず見えなくなってしまいます。しかし、またいつの間にか、どこからかしら舞い出て来るのでありました。

「兄ちゃん、もう魔法使ったの。」

また三平《さんぺい》がききました。

「黙《だま》ってろ。」

そこで三平は目の前の蝶《ちょう》を眺《なが》めました。蝶は今けし坊主《ぼうず》の上にとまっております。けしの花は美しくても、このけし坊主は気味《きみ》の悪《わる》いものであります。まるで花の中に河童《かっぱ》の子が立って列《なら》んでいるように思えます。その坊主の上で蝶々《ちょうちょう》は羽根《はね》を開いたり閉《と》じたりしていました。

そこで三平は顔を近よせて、その蝶の羽根を詳《くわ》しく見ようとのぞきこみました。その羽根には不思議《ふしぎ》なことに、眉毛《まゆげ》のついた、目のような模様《もよう》が一つずつ奇麗《きれい》についていました。

「兄ちゃん、蝶には羽根に目があるのね。」と、三平が言いました。

「馬鹿《ばか》。蝶だって、目は頭についてるよ。」

「だってさ。」

そう言って、三平がもう一度《ど》顔を近よせようとしたとき、蝶はひらひらと舞《ま》い立って、三平の鼻《はな》や目の上を、その小さな翼《つばさ》でたたくようにして飛《と》んでいきました。三平が口を開けていたら、その中へ入ってしまったかも分らないくらいでした。

三平《さんぺい》は驚《おどろ》いて、顔をそむけ、手をあげて蝶《ちょう》をたたこうとしましたが、蝶はやはりひらひらひらひらと、見る間に空の上にのぼり、それからどこともも知れず、見えなくなってしまいました。そのとき、はじめて、

「ああ、とうとう飛《と》んでってしまった。」と善太《ぜんた》が大息《おおいき》をついて言いました。しかし、それは何のことでしょう。三平は不思議《ふしぎ》でならず、また聞いて見ました。

「今のが魔法《まほう》なの。」

「そうさあ。」

「ふうん。」と言ったものの、やはり三平には分りません。

「どうして魔法なの。」

「分んない奴《やつ》だなあ。」

そう言ってるところへ、またさっきの蝶が舞《ま》いもどって来ました。

「しッ。」と兄ちゃんが言いますので、三平はまた黙《だま》って蝶のとぶのを見ていました。すると蝶はまたけし坊主《ぼうず》の上にとまりました。そこで三平はまた顔を近よせました。どこに魔法があるのか、よく見たいと思ったからであります。しかし蝶の方では見られては困《こま》るのか、羽《は》

根《ね》を急《いそ》がしく開いたり閉《と》じたりしたとおもうと、またひらひらと三平《さんぺい》の顔とすれすれに空へ飛《と》んでしまいました。すると善太《ぜんた》が話し出しました。

「三平ちゃん、魔《ま》法《ほう》教えてやらあ。」

「うんッ。」

三平は大喜《おおよろこ》びで、兄ちゃんの側《そば》へよって来ました。

「どうするの。」

「まあ、ききなさい。僕《ぼく》ね、さっきここへやって来るとね。けしの花がこんなにたくさん咲《さ》いてるだろう。これを見てると、何だか、こう魔法が使《つか》えそうな気がして来たんだよ。それでね、まず第一《だいいち》に蝶《ちょう》をここへ呼《よ》び寄《よ》せることにしたんだよ。ね、目をつぶってさ、蝶よ、来いって、口の内で言ったんだよ。それから、もういいかなあと思って、目をあけたら、ちゃんと蝶が来て花の上を飛んでんのさ。」

「ふうん。」

三平は感心《かんしん》してしまいました。

「そうかあ。それが魔法か、目をつぶって、蝶よ来いって言うんだね。なあんだ、僕んだって出来らあ。」

これを聞くと、善太《ぜんた》が笑《わら》い出しました。

「駄目《だめ》だい。三平《さんぺい》ちゃんなんかに出来るかい。僕《ぼく》なんか、魔法《まほう》の話をずいぶん読んでるんだもの。アラビヤン・ナイト、グリム童話集、アンデルセン、何十って知ってらあ。知ってるから出来るんじゃあないか。三平ちゃんなんか、何も知らないんだろう。」

「いいや知らなくたっていいや。目をつぶって、言いさえすりゃいいんだもの。ようし、やろうッ。――小さい蝶々《ちょうちょう》、もう一度《ど》出て来うい。来ないと、石ぶつけるぞう。」

「来るかい、そんなことで、蝶々、来ちゃ駄目《だめ》だぞう。来たら、棒《ぼう》でたたき落《おと》すぞう。」

とうとう魔法の喧嘩《けんか》になって、二人《ふたり》でこんなことをさけび合いました。それから二人は、蝶が来るか来るかと待《ま》っていましたが、蝶は中々姿《すがた》を見せません。ただ、けしの花ばかりが静《しず》かな日光の中に、美しく咲《さ》いているきりです。

「そうらね。兄ちゃんが言う通りだろう。魔法の蝶なんだもの、来るなって言ったら、どんなことがあっても来やしない。だって、あの蝶、人間がなってんだぞ。だから、人間の言葉《ことば》が分るんだぞ。」

善太《ぜんた》は得意《とくい》になりましたが、三平《さんぺい》はききません。

「嘘《うそ》だい。蝶《ちょう》は毛虫がなるんじゃあないか。」

「嘘なもんか。そんなこと言うと、三平ちゃんだって、直《す》ぐ蝶にしっちまうぞ。」

これを聞くと、三平がかえって喜《よろこ》んでしまいました。

「うん、蝶にしてよ。すぐしてよ。僕《ぼく》、蝶大好《だいす》きなんだ。」

今度《こんど》は善太の方で困《こま》ってしまいました。そこで言いました。

「だって、蝶んなったら、もう人間になれないんだぞ。」

「いいや。空が飛《と》べるからいいや。」

「家になんぞ帰れないぞ。」

「いいや。飛んで帰ってしまうよ。」

「帰ったって駄目《だめ》だ。蝶だもの。だれも相手《あいて》にしてくれりゃしない。追《お》い出せ、追い出せッて、たたき出してしまうさ。」

「いいや。いいから蝶にしてよ。すぐしてよ。」

三平がそう言って、善太の手を引張《ひっぱ》っているときでありました。垣根《かきね》の外を一人《ひとり》の坊《ぼう》さんが通りかかりました。坊《ぼう》さんは黒い着物《きもの》に黄色い袈裟《けさ》をかけていました。それを見ると、善《ぜん》太《た》が小さい声で言いました。

「三平《さんぺい》ちゃん、見な。あすこを坊さんがいくだろう。ね。あれを僕《ぼく》今、蝶《ちょう》にして見せるから。」

「うん、すぐして。すぐして見せてよ。」

「待《ま》ってろ。待ってろ。」

「ならないじゃあないか、兄ちゃん。早くしないと、あっちへいっちゃうじゃあないか。」

そう言ってる間に、坊さんは向《む》こうへいってしまいました。

「とうとう行っちゃッた。駄目《だめ》だよ、兄ちゃんなんか。早くしないからいっちゃったじゃないか。僕、人間が蝶になるところが見たかったんだ。」

「だって、そりゃ駄目だ。あの人、蝶にするって言ったら怒《おこ》っちまうだろう。だから、分らないようにして、やるんだ。どこにいたって出来るんだから、目の前にいない方がかえっていいんだよ。」

ちょうどそう言ってるところでした。一羽《わ》の黒あげはがひらひらと風に乗って飛《と》んで来ました。

「そうらあ、来た、来た。」

善太《ぜんた》がそれを見て、大きな声を出しました。

「ね、これ、今の坊《ぼう》さんなんだよ。もう蝶《ちょう》になって飛《と》んで来ちゃった。早いもんだ。」

これで三平《さんぺい》も少し不思議《ふしぎ》になって来ました。ほんとに、このあげはの蝶と、今の坊さんと、どこか似《に》たところがあるようです。そこで聞いて見ました。

「ほんとう、兄ちゃん。ほんとに魔法使《まほうつか》ったの。」

「そうさあ、大魔法《だいまほう》を使ったんだ。」

「ふうん、いつ使ったの。」

「今さ。」

「今って、何もしなかったじゃあないの。」

「それがしたのさ。三平ちゃんなんかに分んないようにやったんだ。だから魔法なんだ。」

「ふうん、そうかねえ。」

三平はすっかり感心《かんしん》してしまいました。それから善太は通る人ごとに魔法を使って、トンボにしたり、バッタにしたり、蝉《せみ》なんかにまでしてしまいました。自動車《じどうしゃ》を運転手《うんてんしゅ》ごと魔法

をかけたら、これはカブト虫になって、樫《かし》の木の枝《えだ》の上にとまりました。運転手《うんてんしゅ》がいないのでさがしていたら、その角の先に油虫《あぶらむし》のような小さな虫が乗《の》っかっていたので、それだということきめました。

背《せ》の途方《とほう》もなく高いチンドン屋《や》が通ったので、それに魔法《まほう》をかけたら、それはカマキリになって、いつの間にか、けしの花の葉《は》っぱの中にぶら下っていました。三河屋《みかわや》の小僧《こぞう》はイナゴにし、肉屋の小僧はミミズにしてやりました。ところがミミズにした肉屋の小僧は、土の中にいるので、とうとうさがし出せませんでした。

二人《ふたり》は、そのカブト虫やカマキリやバッタやトンボをつかまえて来て、縁側《えんがわ》に行列《ぎょうれつ》をつくらせておやつを食べ食べ遊《あそ》びました。

ところで、その翌日《よくじつ》のことでありました。善太《ぜんた》が学校へいく前に言いました。

「三平《さんぺい》ちゃん、僕今日《ぼくきょう》学校から魔法を使《つか》って帰って来るぞ。」

「ふうん、じゃア、トンボになって来るの。」

「トンボになんかなるかい。」

「じゃア、蝶《ちょう》がいいよ。奇麗《きれい》な奇麗な蝶々《ちょうちょう》。」

「駄目《だめ》だい。蝶《ちょう》なんかきらいだよ。」

「じゃア、何になるの。」

「そうだなあ。僕《ぼく》、もしかしたらつばめになるかも分んないよ。早いからね。空を一飛《ひとと》びだ。つうッ。」

善太《ぜんた》はもう両手《りょうて》をひろげて、つばめの飛ぶ真似《まね》をしはじめました。そして座敷《ざしき》を一廻《まわ》りするとまた言いました。

「もしかしたら、鳩《はと》だ。白鳩《しろばと》。伝書鳩《でんしょばと》。パタパタッ、パタパタッ、飛行機《ひこうき》より早いんだぞ。」

今度《こんど》は鳩の飛ぶ真似をして座敷を廻《まわ》りました。一ど廻ると、また言いました。

「でも、家へ入って来るときは三平《さんぺい》ちゃんに分んないように、門のとこから蟻《あり》になってはって来るかも知れないよ。そして、そうっと三平ちゃんの背中《せなか》へはい上って、手の届《とど》かないところをチクッとさしてやるんだ。ああ、面白《おもしろ》いなあ。」

それを聞くと、三平も黙《だま》っていません。

「蟻なんかなら何でもないや。すぐ着物《きもの》をぬいで、指《ゆび》でひねりつぶしてしまうから。」

「だったら蛇《へび》になって来る。三平ちゃんが庭《にわ》へ出てるところへ、はっていって、ガブッと手でも足でもかみついてしまうぞ。そうら、蛇《へび》だ、蛇だあ。」

今度《こんど》は善太《ぜんた》は蛇のような真似《まね》をして、三平《さんぺい》を追《お》い廻《まわ》しました。

その日の午後のことであります。三平は庭《にわ》へ出て兄ちゃんを待《ま》っていました。魔法《まほう》を使《つか》って帰って来るというのだから、何になって帰って来るかと、それが楽しみで、空の方を見たり、道の方を見たり、樫《かし》や檜《ひのき》の茂《しげ》みの中をさがし廻ったり、けしの花の中をのぞきこんだりしていました。蝶《ちょう》が飛《と》び立つと、もしかしたら、それかも分らないと追っかけて見たり、道から犬が駆《か》けこんで来ると、これも怪《あや》しいと、捕《とら》えて見たりしました。

「こら、兄ちゃんだろう。僕《ぼく》には分ってるぞう。」

こんなことを言って見ました。しかし、犬はただ不思議《ふしぎ》そうに目をパチクリさせ、何か食べものでもくれるかと、尾《お》っぽをしきりに振《ふ》り立てました。放《はな》してやると、大急《おおいそ》ぎでどっかへ駆《か》けてってしまいました。

そのうちに、三平は庭の隅《すみ》でデンデン虫を見つけました。それを見ると、また、もしかしたらと考えて、話しかけて見ました。

「こら、兄ちゃんか。もう逃《に》がしっこはないぞ。」

そしてそれを捕《とら》えると、縁側《えんがわ》へ持《も》って来て、「槍出《やりだ》せ、角出《つのだ》せ。」と、いじって遊《あそ》びました。いつの間にか魔《ま》法《ほう》のことも忘《わす》れて、大分久《だいぶんひさ》しく遊《あそ》んでいました。と、玄関《げんかん》で、兄ちゃんの声がしました。駆《か》けてって見ると、兄ちゃんが靴《くつ》をぬいでいます。

「兄ちゃん、魔法は。」

「あっ、魔法か。今、門まで風になって吹《ふ》いて来たんだけど、門からもうやめて入って来たんだよ。」

しかし兄ちゃんが何だか、くすぐったそうな顔をして、ニコニコ笑《わら》っているので、「嘘《うそ》だい。」と、三平《さんぺい》は言ってしまいました。すると、

「ほんとうは兄ちゃんは風なんだよ。それが魔法を使《つか》って人間になってんだよ。」

そんなことを言って、兄ちゃんがハッハッ笑《わら》うので、とうとう嘘だということが分りました。

「やアい、嘘だい嘘だい。」と、三平がとびかかっていきました。それで二人《ふたり》は座《ざ》敷《しき》で大相撲《おおずもう》をはじめました。

権兵衛《ごんべえ》とカモ

むかし、むかし、あるところに、権兵衛《ごんべえ》という男がいました。その権兵衛さんのうちの近くに大きな沼《ぬま》がありました。沼には秋から冬へかけて、たくさんのカモが飛《と》んできて、水にもぐったり波《なみ》にういたりして、遊《あそ》んでいました。

寒い冬になって、沼の上に氷《こおり》がはっても、カモはその上に群《むれ》になって、ねむったりしておりました。それで権兵衛さんは、そのカモをワナでとって、それでくらしをたてておりました。しかし、どうしたことか、権兵衛さんのおとうさんのころから、ワナはいつでも一つかけて、カモを一羽《わ》だけとるしきたりになっておりました。のんきに遊《あそ》んでいるカモですから、それを何羽《なんば》も一度《ど》にとるのはかわいそうだというので、そうなっていたのかもしれません。

ところで、権兵衛《ごんべえ》さんは考えました。――一日一羽《わ》なんてめんどうくさい。一度《ど》に百羽とって、あとの九十九日とらないでおれば同じことだ。そのほうが、九十九日遊《あそ》んでおられて、どんなに楽なことだろう――。

そこで、権兵衛さんは、うまいことを考えついたと、ひとりで大喜《おおよろこ》びして、さっそく沼《ぬま》の氷《こおり》の上に百のワナをしかけました。そのワナというのは、長いなわに、たくさんの輪形《わがた》がつくってあって、それに、カモの足がひっかかるようになったものであります。

さて、権兵衛さんが百のワナをしかけて、木のかげにかくれて、そのなわのはじっこを持《も》ち、今か今かと待《ま》っていました。ところが、そんなワナとは知らないで、カモは、つぎからつぎへときて、みんなその足をとろうともがいておりました。そのときちょうど夜明けでしたので、沼の上が少し明るくなりはじめ、権兵衛さんに、ワナにかかっているカモの数がかぞえられました。

「一羽、二羽、三羽――」権兵衛さんがかぞえてみますと、なんともう九十九羽も、かかっております。

「しめた、しめた、もう一羽だ。もう一羽で、九十九日は寝《ね》てくらせる。」

権兵衛《ごんべえ》さんはそう思って、一生けんめい、なわのはじっこをにぎったまま待《ま》っていました。

そのあとの一羽《わ》が、どうしたことか、なかなかかかってくれません。ところが、だんだん夜が明けてきて、東の山の上に、ヌッとお日さまが出てきました。するとお日さまの光が沼《ぬま》の氷《こおり》の上に、サッとばかりさしてきました。すると、九十九羽のカモは、みんないちように、ワナにかかっているのに気づき、ビックリして一度《ど》に、バタバタ、バタバタと、たちあがりました。九十九羽もが一度にたったのですからたまりません。そのなわのはじを持《も》っていた権兵衛さんは、九十九羽の力で、ズズズ——と引きずられ、そのすえ、とうとう、カモといっしょに空高く引きあげられてしまいました。

カモたちはひとかたまりになって空にまいあがり、やがて山をこして、見知らぬ村のほうへ飛《と》んで行ったのです。

権兵衛さんは気が気でありません。一本のなわにぶらさがったまま、

「オーイ、助《たす》けてくれ——」

よんでみましたけれども、高い空を飛んで行くものを、助けてくれる人もありません。

そのうち、権兵衛さんのぶらさがっていたなわが、ミリミリブツッと切れました。そして

アッというまもなく、下へ落《お》ちて行きました。

ところが、落ちてるとちゅうでふしぎなことがおこりました。いつのまにか、権兵衛《ごんべえ》さんは、カモになっていました。羽がはえ、クチバシができて、そうなんです、身《み》もかるがると空を飛《と》んでいるのです。

どうもふしぎで、権兵衛さんには夢《ゆめ》のようにしか思えません。しかしなんにしても、もうカモになってしまっているのですから、カモのようにして生きていくよりしかたがありません。それで、空から見ると、むこうのほうに、一つの沼《ぬま》が見えたので、そこへおりることにきめました。おりて何か餌《えさ》を食べなければ、おなかがすいてたまらなくなったのです。

さて、どこの村とも知らない、一つの村の沼の岸《きし》に、カモになって権兵衛さんは、おりました。で、何か食べるものはと、そのへんを見まわしますと、小ブナが一ぴき、岸の水ぎわで、ピチピチ泳《およ》いでおりました。これは助《たす》かったと、その小ブナを食べに、そちらへ歩いて行きましたが、そのとき、何か足にひっかかったようで、もがいても、もがいてもとれません。よく見ると、それはいつも権兵衛さんが、それでカモをとっていた、あのワナでした。

これを知ると、権兵衛さんは悲《かな》しくなりました。

「ああ、なんとしたことだろう。一羽《わ》とってさえ、カモはどんなに、かわいそうなことだろう。それを自分は、九十九日寝《ね》てくらそうと、百羽も一度《ど》にとろうとした。そのバチがあたって、とうとうカモになったばかりか、ワナにまでかかって、自分がカモにしたと同じようなめに、あうことになった。悪《わる》いことはできないものだ。」

そう思って、ポロポロと涙《なみだ》をこぼしました。するとどうでしょう。その涙がワナにかかると、ワナがポロリと切れました。ワナが切れると、権兵衛《ごんべえ》さんは、

「やれ、ありがたや。」

と、また涙を流《なが》しましたが、その涙がこんどは目から顔を伝《つた》わって、からだのほうへ流れました。するとふしぎなことに、いつのまにか権兵衛さんのカモは、もとの人間の権兵衛さんになっていました。権兵衛さんは、これでもうカモとりをやめて、正直《しょうじき》なしんせつな、やさしいお百姓《ひゃくしょう》さんになったということであります。めでたし、めでたし。

山姥《やまんば》と小僧《こぞう》

むかし、むかし、ある山里に一つのお寺がありました。そこに、和尚《おしょう》さんと小僧《こぞう》さんとが住《す》んでいました。ある日のこと、和尚さんが小僧さんにいいました。

「小僧、小僧、あすは彼岸《ひがん》の中日《ちゅうにち》だから、山へ行って、仏《ほとけ》さまにおそなえするヒガンバナを取《と》ってきてくれ。」

「はい。」

といって、小僧さんが出かけようとしますと、和尚さんが三枚《まい》のお札《ふだ》をくれました。そして、小僧さんにいいました。そのころは、山の中に天狗《てんぐ》だの、山姥《やまんば》だの、それはおそろしいものが住んでいたからです。

「もし、何かこわいものに出あったらな、この札《ふだ》を、それに投《な》げつけて、おまえの出したいと思うものをいえばいいぞ。海が出したかったら、海出ろうッ、というのだ。すると、そこに海が出るからな。こわいものが海をわたりかねて、こまっているあいだに、ここへ逃《に》げてきなさい。いいか、わかったか。」

「はい、わかりました。」

小僧《こぞう》さんは、三枚《まい》のお札をもらって、出発《しゅっぱつ》しました。

ところで、小僧さん、ヒガンバナを取《と》りに山へはいってみると、や、さいてた、さいてた。大きくて、まっかな花が見わたすかぎりさきみだれていました。小僧さんは、目うつりがして、どれから取っていいかわかりません。それで、あれを取ろうか、これを取ろうかと歩いて行くと、先へ行くほど、花は美しくなり、大きくなり、ついには、一ふさで小僧さんの頭ほどもある、大きな花がさいていました。小僧さんは、こんな花の美しさにさそわれ、ついつい山を奥《おく》へ奥へと歩いて行きました。で、気がついたときには、もう日が暮《く》れかかっていました。

「これはたいへん。」

と、おどろいて、さて帰ろうとすると、また、こまったことに、こんどは道がわからなくなってしまいました。あわてて道をいそぎ、あっちこっちと行ったり、来たり、あせっていますと、いよいよ、道はなくなってしまい、そのうえ、日がすっかり暮《く》れて、あたりがまっ暗《くら》になりました。小僧《こぞう》さんは、もう泣《な》きそうになりながら、あるとも、ないともわからないような道をかきわけて、歩いていました。と、むこうに、森の中に、木がくれに、なんだかあかりのようなものが見えました。

「やれ、うれしや、あすこに、だれか人が住《す》んでる。」

小僧さんは大喜《おおよろこ》びして、そのあかりのようなものをたよりにやって行きますと、そこは、森の中の一軒家《いっけんや》で、窓《まど》にあかりがさしていました。

「ありがたや、ありがたや。これも仏《ほとけ》さまのおかげだ。」

そう思いながら、小僧さんは、その家の戸口をたたきました。

「おばんでございます。道にまよって、こまっております者、どうか、今晩《こんばん》一晩、とめてくださいませんか。」

すると、中から、

「おう、おう。」

と、へんな声をして戸をあけた者がありました。見ると、それはおそろしい山姥《やまんば》だったのです。山姥は、小僧《こぞう》さんを見ると、

「さあさあ、はいりなさい。道にまよった者かい。それはさぞ難儀《なんぎ》だったろ。」

そんなことをいって、上きげんで中へ案内《あんない》しました。小僧さんは、いよいよこまりましたが、しかし、もうしかたがありません。案内されるままに中にはいり、すすめられるままに、晩《ばん》のごはんも食べました。寝《ね》るときになってみると、山姥がすぐそばに寝て、なんだか、小僧さんの番をしているようです。小僧さんは、山姥がねむったら逃《に》げようと思って、寝たふりをして、グウグウいびきをかいてみせたのですが、山姥は、やっぱり、目をさましているようです。これでは、きっと山姥、今晩《こんばん》のうちに、おれを食うつもりだな――そう思うと、小僧さんは、もうじっとしていられなくなって、山姥にいいました。

「山姥さん、山姥さん、おれ、お便所《べんじょ》へ行きたくなった。」

するとと、山姥がしかるようにいいました。

「こらえていなさい。」

「それが、こらえられないんだよ。」

山姥《やまんば》は、しかたがないように舌《した》うちをして、

「では、すぐ出てくるんだよ。逃《に》げたら承知《しょうち》しないから。」

そういって、小僧《こぞう》さんの腰《こし》に綱《つな》をつけ、自分は床《とこ》の中でその綱のはしをにぎっていました。

小僧さんは便所《べんじょ》に行くと、その綱をといて、はしを便所の柱に結《むす》びつけました。そして、

「便所の神《かみ》さま、便所の神さま、山姥が、小僧、小僧とよびましたら、まだまだプップッといっておくんなさい。おねがいいたします。おたのみいたします。」

そうおがんでおいて、そこの窓《まど》から、いちもくさんに逃げだしました。

さて、山姥のほうでは、小僧さんの便所があまり長いもので、しだいに、いらいらしてきて、

「小僧、長いぞ。」

そう声をかけました。すると、便所のほうで、

「まだまだプップッ。」

という声がしました。しかたなく、山姥はまたすこし待《ま》ちました。しかし、いつまでたっ

ても出てこないので、三べんも四へんも、小僧《こぞう》小僧とよびたてました。

そのたびに便所《べんじょ》からは、

「まだまだプップッ。」

という返事《へんじ》ばかり聞こえてきました。で、どうもこれはすこしへんだと考えて、

「いかになんでも、あまりてまがとれるじゃないか。」

そうおこって、綱《つな》のはしをぐんぐん、ぐんぐん、引っぱりました。すると、これはどうしたことでしょう。便所の柱《はしら》がゴトゴト大きな音をたてて、ころがってきました。山姥《やまんば》は、これにはおどろき、腹《はら》をたてて、

「小僧のやつ、よくもおれをたぶらかして逃《に》げやがった。」

と、とび起《お》きて、小僧さんのあとを追《お》いかけました。小僧さんは、一生けんめい走りましたが、なにぶん知らない道ではあるし、それに、山姥は足が早いもので、見るまに山姥に追《お》いつかれてしまいました。山姥は、もう小僧さんのすぐ後にきて、

「小僧、待《ま》て、待たんか、小僧。」

とよびたてました。そこで、小僧さんは、このときぞと、和尚《おしょう》さんにもらったお札《ふだ》を取《と》り

だして、その一枚《まい》を山姥《やまんば》のほうへ投《な》げました。そして、大きな声でいいました。

「川になれ。大川になれい。」

と、そこに大きな川ができました。水がどうどうとすごいいきおいで流《なが》れている大川です。

しかし、山姥のことですから、そんなことはすこしもおかまいなく、ザブザブ、ザブザブと、その水の中をわたって、また、たいへんな元気で追《お》いかけてきました。そして小僧《こぞう》さんがいくらも逃《に》げのびるひまもなく、すぐもう後に追いついて、また、

「小僧、待《ま》て、待たんか、小僧。」

とよびました。そこで、小僧さん、二枚めのお札《ふだ》をだして、

「山になれ、高い高い山になあれ。」

と、山姥のほうに投げました。と、こんどは、そこに山ができました。それこそ、何千メートルという高山ができたのです。しかし、山姥のことです。

「なに、これしきの山が。」

といって、見るまにそれにかけのぼり、見るまにそれをかけおりました。そして小僧さん、いくらも逃げのびるひまがありません。すぐもう後に追いつめてきました。

「小僧《こぞう》、待《ま》て、待たんか、小僧。」

もう、後でよび始《はじ》めたのです。そこで小僧さん、こんどこそはと、おわりの三枚《まい》めのお札《ふだ》をだしました。

「火事《かじ》になれ、大火事《おおかじ》になれ。」

そういって、山姥《やまんば》のほうに投《な》げました。すると、山姥の前に、火の海ができました。ゴンゴン、ゴンゴン、山のような大きな火が、海のようにもえひろがったのです。しかし、山姥のことですから、それも煙《けむり》をわけ、炎《ほのお》をわたりしてやってきました。やはり小僧さん、いくらも逃《に》げのびるひまがなかったのです。

ところが、そのとき、小僧さんふと気がついてみると、お寺の門の前に立っていました。

「あれ、お寺ではないか。」

思わず、小僧さんはそういいましたが、まったくお寺にちがいありません。それで、たいへん安心して、すぐ玄関《げんかん》にかけこみました。ところが、なにぶん夜だもので、そこにはかたく戸がしまっていました。で、戸をとんとん、とんとん、たたいて、大声で和尚《おしよう》さんをよびました。

「和尚《おしょう》さん、和尚さん、早く戸をあけてください。山姥《やまんば》に追《お》われて逃《に》げてきたのです。もう、そこまで追いかけてきています。早く早く。」

すると、和尚さんの声が、中から聞こえました。

「よしよし、今、戸をあけてやる。しかし、ちょっと小便《しょうべん》をしなけりゃ。」

のんきなことをいうもので、小僧《こぞう》さん気が気でなく、

「和尚さん、山姥はもう門をはいりました。早く、戸をあけてください。すぐあけてくださ
い。」

また大声でよびました。と、また、中から和尚さんがいいました。

「せくな、せくな、今、手を洗《あら》ってるところだ。」

そして、やっと戸をあけて、小僧さんを入れてくれました。それからこんどは大いそぎで、つづらの中に小僧さんをおしこみ、そのつづらを井戸《いど》の天井《てんじょう》につるしました。

和尚さんが、そのつづらをつるしたとたんに、玄関《げんかん》へ山姥がとびこんできて、大きな声でわめきました。

「和尚、和尚、ここへ小僧がひとり逃げこんだろう。」

和尚《おしょう》さんはいいました。

「あわてなさんな、山姥《やまんば》どん。小僧《こぞう》なんてものはこなかったよ。」

「いやいや、たしかに、この寺にとびこんだ。おれは、それをこの目で見た。」

山姥がいいました。そして、ふたりは、

「いや、こない。」

「いや、きた。」

と、いいあいになりました。それで、和尚さんは、

「それなら、どこでも、さがしてみるがよい。」

といいました。山姥は、

「よしきた。」

と、お寺のなかにかけこんで、うちの中をあちらこちらとさがしまわりました。どこにも、小僧さんの影《かげ》も形もありません。しかし、おわりに山姥が、井戸《いど》の中をのぞくと、そこの木の上に、つるしたつづらのすがたがうつっていました。これを見た山姥は、それが水にうつったつづらとは知らないで、

「なあんだ。こんなとこにかくしてやがる。」

と、大喜《おおよろこ》びして、そのうつったつづらをめがけて、まっさかさまに井戸《いど》の中にとびこみました。これを見た和尚《おしよう》さんは、大いそぎで井戸のふたをして、その上に大きな石をおいて、山姥《やまんば》が出られないようにしてしまいました。さすがの山姥も、それなり井戸から出ることができず、和尚さんに退治《たいじ》されてしまったそうです。めでたし、めでたし。

ツルの恩《おん》がえし

むかし、むかし、あるところに、おじいさんとおばあさんとがありました。おじいさんとおばあさんは、たいへん貧乏《びんぼう》でした。しかし、たいへんよい人でした。

ある日のことです。おじいさんはまきをかついで、町のほうへ売りに出かけました。冬のことですから、ぼたん雪がどんどんどんどんふっていました。そして山もたんぼも雪がつもって、まっ白になっていました。おじいさんは、まきを売らねばその日の米にもこまるようなありさまですから、元気をだして、その雪の中を歩いて行きました。すると、むこうのたんぼの中で、バタバタバタバタバタ、雪をちらして、何かあばれているものがあるようです。

（いったい、この雪の中で、何があんなにさわいでいるのだろう。）

そう思って、おじいさんが近よってみますと、一羽《わ》のツルがわなにかかって、足を糸でくくられて、それでバタバタあばれているところでした。しかし、あばれればあばれるほど、わなの糸のことですから、ますます強くしまるだけで、けっして逃《に》げられるわけのものではありません。おじいさんは、それを見ると、ほんとうにかわいそうになって、

「待《ま》て待て、待て、ほかの人に見られるとつかまってしまうからな。今、わしが糸をほどいてやろう。」

そういって、まきをそこにおろし、ツルの足にからみついたわなの糸を、ときほどいてやりました。そうすると、ツルは二つのつばさを力いっぱい左右に開き、バタバタバタッと空気を打《う》って、上に高くまいあがって行きました。どんなにうれしかったのでありましょうか。

「カウ、カウ、カウ、カウ。」

と、高くひびきわたる声で鳴いて、おじいさんの頭の上を三べんまわって、それから山のほうへたって行きました。

おじいさんは、そのツルが山のほうへ、しだいしだいに小さくなり、やがて、山をこして見えなくなってしまうまで、それを見送《みおく》っておりました。ツルが見えなくなってしまうと、

おじいさんは、ひとりごとをいいました。

「よいことをしてやった。どうやら、きょうは運のよい日らしい。」

おじいさんはよい気持《きもち》になって、それからまたまきをかついで、町へ出かけて行きました。

「まきは、いりませんかあ――。まきは、ようございますかあ――」

と、町を、雪の中をふれて歩きました。ツルを助《たす》けて、よいことをしたと思っているものですから、とても元気で、やがて、まきを売りつくし、家へ帰ってまいりました。しかし、家に帰ると、にわかに寒くなったような気がして、

「ああ、寒《さむ》い寒い。」

そういって、いろりに手をひろげ、またを開いてあたりました。それからきょうあったことを、おばあさんに話しだしました。

「おばあさん、おばあさん、きょう、わしは、それはよいことをしてやった。」

ツルを助けた話です。おばあさんもそれを聞くと、

「ほんに、よいことをせられましたなあ。」

と、おじいさんといっしょに喜《よろこ》びました。しかし、そんなにしているうちに、もう夕がた

になりました。晩《ばん》のごはんのしたくをしなければならない時刻《じこく》になったのです。

「どれ、ひとつお夕はんのしたくでもしましょうか。」

おばあさんがそういって立ちあがろうとしたときです。表の戸をトントントンとたたく者があります。耳をすまして聞くと、

「ごめんなさい。ごめんなさい。」

と、それはかわいい声がいっております。この大雪の中をだれがいったい、やってきたのだろう。そう、ふしんに思って、

「どなた――」

おばあさんがいって、戸をあけて見ると、そこには雪にまぶれて、まっ白になった人が立っております。

「まあ、この雪のふるのに、さぞ寒《さむ》かったことでしょう。さあ、早くおはいりなさい。」

おばあさんがいいますと、

「ええ、ありがとうございます。それではごめんくださいませ。」

そういって、はいってきたのを見ると、それは十七八のほんとうにきれいな、かわいい娘《むすめ》

だったのであります。

そこで、おじいさんが、

「この雪のふる中を、おまえはどこの娘《むすめ》さんで、また、どんな用事《ようじ》があって来なさった。」

と聞きますと、その娘さんのいいますことに、

「あの、この先の町に知りあいの人がありまして、わたしはその方をたずねてきた者でございます。それがこのような大雪になりまして、日も暮《く》れますし、道もわかりませず、ほんとうに、難儀《なんぎ》をいたしておりまする。それで、まことにすまないことでございますが、土間《どま》か、物置《ものおき》のすみでもよろしゅうございますが、今夜一晩《ばん》、おたくにとめてくださいませんでしょうか。」

これを聞くと、おじいさんは、おばあさんに相談《そうだん》しました。

「それは、それは、ほんにかわいそうなことだ。とめてあげるのはわけないことじゃが、しかし、おばあさん、どうしたもんじゃろう。」

おばあさんもまたいいました。

「そりゃ、とめてあげるのはかまわんことじゃが、うちは貧乏《びんぼう》でのう、ふとんもなければ、

食べものもろくなものがない。それが気のどくで――」

するとと、娘《むすめ》がいいました。

「どういたしまして。ただもう、とめてさえくださいますれば、わたしはふとんもいりません。食べものもどんなものでもけっこうです。」

これを聞くと、おばあさんが、

「それさえ承知《しょうち》なら、うちのほうはかまわんから、さ、早くあがって、火にあたりなさい。」

というのでありました。娘はもうたいへん喜《よろこ》んで、足をふいて上にあがりました。あがりましたが、火にあたろうともせず、もう、はや、たもとから赤いたすきをだして、

「おばあさん、晩《ばん》のしたくをてつだわせてくださいませ。」

そういいました。

「いやいや、うちは貧乏《びんぼう》だからなあ、てつだってもらうほどのしごともない。おまえはそこにあたっていなさいよ。」

おばあさんがいいましたが、娘《むすめ》はききません。そして、

「どうか、わたしにさせてください。」

たのむようにそういうものですから、娘《むすめ》にさせてみますと、ごはんをたくのもじょうずなら、おかずをつくるのもじょうず、そのうえ親切で、ていねいで、米一つぶもこぼしません。おじいさんやおばあさんのお給仕《きゅうじ》をして、それから自分も食べて、そのあとをきれいにかたづけて、ちょっとおちついたかと思うと、すぐおじいさんの後へまわっていいました。

「おじいさん、おじいさん、昼のおつかれで、肩《かた》やお腰《こし》がこっていましょう。へたではございますが、あんまをさせてくださいませ。」

「いやいや、おまえさんこそおつかれだろう。今夜は大雪で、ずいぶん寒《さむ》い。ずっとこっちへ来て、ようく火にあたりなさい。」

おじいさんがいってもききません。それで、あんまをしてもらいますと、とてもじょうずで、うとうとするほどよい気持《きもち》です。おじいさんがすむと、こんどはおばあさんのあんまもするというありさまです。

このようにして、その夜は寝《ね》ましたが、朝になると、娘さんは、おじいさんおばあさんより早く起《お》きていて、もういろりには火がもえており、土間《どま》のそうじもすみ、ごはんの用意《ようい》もできております。おばあさんには水ひとつ使《つか》わせないほど働《はたら》きます。ところが、その日も大雪で、戸をあけることさえできません。しかたなく、娘《むすめ》はその日もとめてもらいました。そのつぎの日も、またつぎの日も、大雪がつづいて、とうとう娘は、四五日もとめてもらうようなことになってしまいました。

するとある日、その娘のいいますことに、

「あの、おじいさん、おばあさん、わたしにひとつおねがいがあるのですが――」

そういって、たいへんいいにくそうにしております。おじいさんもおばあさんも、その娘をとてもかわいく思っておりましたので、

「さ、いってごらん。どんなおねがいでも、わたしたちにできることなら、きっとかなえてあげようから――」

「では申しますが。」

そういって、娘の話すのを聞きますと、娘は両親《りょうしん》に死《し》にわかれ、このさきの町の知りあいをたよって、やってきたのだそうであります。しかし、その知りあいといっても、今まで見たことも、あったこともない人なもんで、これからたずねるといっても、何かえんりょで行きかねるというのであります。それで、こうして、ここでごやっかいになるのも何かの縁《えん》と

思いますから、いっそこの家の子にしてくださいませんでしょうか。そうすれば、いたらない者ではありますが、一生けんめい孝行《こうこう》いたします。——と、その娘《むすめ》はそういうのでありました。ところで、これを聞くと、おじいさんおばあさん、どんなに喜《よろこ》んだことでありましょう。

「そうか、そうか。なんとまあ、かわいそうなことだ。うちにはちょうど子どもがなくて、さびしくてならんとこだった。おまえのようなよい子が、うちの子になってくれるなんて、これは神さまのおさずかりものだ。」

そういって、その子を自分とこの子にいたしました。娘はそれから、かげひなたなく働《はたら》いて、おじいさんおばあさんに、よく孝行をいたしました。

ところで、ある日のことであります。娘がおじいさんにいいました。

「おじいさん、おじいさん。わたしははたを織《お》ってみたいと思いますから、町から糸を買ってきてくださいな。」

おじいさんは、そうかそうかと、町から糸を買ってきてやりますと、娘は、機《はた》のしたくをして、奥座敷《おくざしき》のまんなかにそれをすえました。そしてそのまわりを、びょうぶでぐるりっとかこみました。それからおじいさんおばあさんにいいました。

「わたしは、これから機《はた》を織《お》りますから、織っているうちは、どんなことがあっても、中をのぞいてはいけませんよ。どうか中を見ないようにしてください。」

おじいさんおばあさんは、

「よいともよいとも、どんなことがあっても、のぞきはしないから、安心して織りなさい。」

そういってやりました。すると、娘《むすめ》はびょうぶの中へはいって、まもなく機を織りだしました。おじいさんとおばあさんが、いろりのそばで、その機を織る音を聞いておりますと、

「キイトン、バタバタ、バタバタ、キイ、トントン。」

といっております。とてもにぎやかな音なのです。ふたりは感心《かんしん》して聞いておりました。

その日は娘はごはんも食べないで、一生けんめい機を織りつづけました。晩《ばん》になると、その織り場から出てきましたが、あくる日もまたびょうぶの中で、キイトン、バタバタ、キイトン、バタバタと一生けんめいにやりました。

三日めの晩のことです。機をほどく音がしたかと思うと、娘がびょうぶの中から出てきて、

「おじいさん、おばあさん、ちょっと見てくださいませ、こんなものを織りましたから――」

そういって、一枚《まい》のきれを、おじいさんおばあさんの前にだしました。

ふたりは、

「どれどれ。」

と、手に取《と》って見ますと、ぴかぴか光って、白いもようのある、とても美しい織《お》りものでありました。

「なんときれいな織りものだろう。生まれてから、こんなものはまだ見たことがない。」

ふたりが感心《かんしん》しておりますと、

「これは綾錦《あやにしき》というものです。あすはこれを町へ持《も》って行って、売って、そのかわり、糸を買ってきてください。」

と、娘《むすめ》がいいました。あくる日になると、おじいさんはそれを持って町へ行き、

「綾錦は、いりませんかあ――。綾錦は、ようござんすかあ――」

そうよんで歩きました。すると、ちょうどそこへ殿《との》さまが通りかかられ、

「綾錦とはめずらしいものだ。どれ、ひとつ見せてくれ。」

といわれました。おじいさんがごらんにいれると、

「これはりっぱな綾錦《あやにしき》だ、買ってとらせる。」

といって、たくさん小判《こばん》をくださいました。おじいさんはたくさんの小判にびっくりしましたが、それで新しい糸や、娘《むすめ》やおばあさんにおみやげなど、たくさん買いものをして、家へ帰って行きました。うちじゅう、もう大喜《おおよろこ》びでありました。

つぎの日になると、娘はまた、したくをして、キイトン、バタバタを始《はじ》めました。そして三日たつと、まえよりもっと美しい綾錦を織《お》りあげました。おじいさんはそれを持《も》って町へ行き、殿《との》さまにごらんにいれました。そして、またたくさんの小判をいただきました。おじいさんは大喜びして、

（うちの娘は、なんとえらい娘だろう。）

と、思いました。このたびも、糸やおみやげを、たくさん買って、家へ帰りました。すると娘は、また三度《ど》めの機《はた》のしたくにとりかかり、キイトン、バタバタを始めました。ところで、それから三日めになったときのことです。おばあさんがいいました。

「なんとじょうずに、機を織る娘でしょう。わたしは、ちょっと、のぞいて見てきますからね――」

おじいさんはびっくりして、娘《むすめ》があんなにいっていたからといって、おばあさんをとめましたが、おばあさんはききません。

「ちょっと、ほんのちょっと。」

といって、座敷《ざしき》へ行って、びょうぶの中をそっとのぞきました。おばあさんはびっくりしました。中には娘はいなくて、一羽《わ》のツルが、大きなつばさをひろげ、自分のくちばしで、自分のはだの綿毛《わたげ》をぬき、それを糸のあいだにはさんで、一生けんめい機《はた》を織《お》っておりました。そして、ツルは、もう大半自分の毛をぬいて、まるではだかのようなむごたらしい姿《すがた》になっておりました。

「おじいさん、おじいさん。」

かけるようにもどってきて、おばあさんはそのことを、おじいさんに知らせました。

と、その晩《ばん》のことです。織りあげた綾錦《あやにしき》を持《も》って出てきた娘は、おじいさんおばあさんの前に両手《りょうて》をついていいました。

「おじいさん、おばあさん。長いあいだごやっかいになりました。わたしはいつぞや大雪の日に助《たす》けていただいた、わなにかかったあのツルでございます。ご恩《おん》をおかえししたいと思い、こんな娘《むすめ》に姿《すがた》を変《か》えておりました。しかし、きょうは、おばあさんに正体《しょうたい》を見とどけられましたから、もうこんな姿でもおれません。では、おいとまいたします。」

そういって、おじいさんおばあさんがどんなにとめてもききません。そうして、えんがわからバタバタッと羽ばたきをして、見るまに空にまいあがり、家の上を三べんまわって、カウ、カウ、カウと鳴きながら、山のほうへ飛《と》んで行ってしまいました。

おじいさんおばあさんは、ツルのもうけてくれたお金でその後も安楽《あんらく》にくらしたそうであります。

解説

「幼時に知った幸福」の記憶《きおく》

ノートルダム清心女子大学助教授　山根《やまね》知子《ともこ》

坪田《つぼた》譲治《じょうじ》は、童話は児童に対して寄せられた愛情の文学であるといっています。しかも、その愛情とは、甘《あま》すぎる愛情ではなく真実の愛であるといいます。時には楽しく時には厳《きび》しい現実世界を生きてゆく子供《こども》たちを深く愛するがゆえに、譲治は、子供の内心の世界をしっかり見つめ、それが喜びであれ不思議であれ、子供の心の現実をありありと描写《びょうしゃ》してゆきます。

では、なぜ譲治は、大人になって子供にこのような愛情を寄せる文学を書こうと思ったのでしょうか。譲治の次の言葉に、その思いが表されているでしょう。

特《とく》にこの次第に世智辛《せちがら》くなって行く世に於《おい》て、私《わたし》は子供達《こどもたち》にだけは生きることの苦しさを教え、将来如何《しょうらいいか》に艱難《かんなん》に出会うとも、幼時《ようじ》に知った幸福のために、決して絶望的《ぜつぼうてき》にならせないということが、私《わたし》が童話を書く気持であり、そして願《ねが》いでもあります。（『班馬《はんば》鳴《いなな》く』）

ここには、譲治が大人《おとな》になって、身内同士の利欲による争いや人間不信を体験し、さらに文筆だけでは妻子も養えないという貧乏《びんぼう》生活に追われるなど、人間関係や生活において辛《つら》く苦しい体験をしたときの思いが込《こ》められていると思われます。こうした譲治自身が、それでも絶望的にならず、そうした苦しみを乗り越《こ》えることができたのは、「幼時に知った幸福」を決して裏切《うらぎ》られることのないかけがえない一生の宝として繰《く》り返し思い出していたためでしょう。譲治は、岡山県御野郡石井村島田《みのぐんいしいむらしまだ》（現在の岡山市島田本町）に生まれ、その岡山平野の田園で育ち、ここで豊かな自然と温かな人の心に触《ふ》れ合う幸せな時を過ごしました。譲治が心底から自然と人とを愛《いと》おしく感じられてならなかった岡山での幼少時の体験が反映したと思われる作品の場面は数多く見られます。

さて、譲治が童話を創作し発表した時期を初期、中期、後期と分けるならば、本巻に収録した作品は、その初期にあたる大正十五年から昭和十年ごろまでの作品といえます（なお、昔話の再話については、もう少し後のものです）。なかでも、大正八年から小説のみを書き発表していた譲治が、初めて童話としての作品を発表したのが「正太の汽車」（『子供之友《こどものとも》』大正十五年一月号）であり、引き続いて「蛙《かえる》」（『婦人之《ふじんの》友』大正十五年四月号）であるといわれています。その後、鈴木三重吉《すずきみえきち》が主宰《しゅさい》する雑誌『赤い鳥』に掲載《けいさい》するようになった最初の童話が「河童《かっぱ》の話」（昭和二年六月号）であり、その後昭和十一年に鈴木三重吉が亡くなることで『赤い鳥』の廃刊《はいかん》を迎《むか》えるまで、合計四十編の作品を同誌に発表しています。本巻のなかで『赤い鳥』に掲載《けいさい》された童話は、先の「河童の話」のほか目次順では「小川の葦《あし》」（昭和三年九月号）から「魔法《まほう》」（昭和十年一月号）までのすべてです。「雪という字」は、『東京朝日新聞』（昭和三年十二月）に掲載されたものです。なお、「権兵衛《ごんべえ》とカモ」から「ツルの恩がえし」までの作品は、昔話の再話で、昭和十八年から二十二年までに発表されたものです。

このような初期作品において、譲治は、「故郷を舞台《ぶたい》にする」ことと「子供を主人公にする」という、「私の一生を通しての作品の特長のようなものが、この時決ったわけであります」（新潮社版全集《しんちょうしゃばんぜんしゅう》あとがき）と述べています。

そこでこの二点を中心に収録作品をみてゆきましょう。まず、譲治は故郷岡山で生まれ育ち大学進学で東京に過ごすようになるころまでの岡山の思い出を鮮明《せんめい》に記憶《きおく》しており、「私が愛するところのものは前後二十数年を過した郷里の山川ばかりである」といい、「その山川は私の心の故里《ふるさと》となって、書くものという書くものが、そこを舞台にしないと生きて来ないような有様である」とまで述べています（『班馬《はんば》鳴《いな》く』）。収録作品にも故郷岡山の風土や人間関係の具体的な影《かげ》を多くたどることができます。たとえば「小川の葦」に「岡山に近く、草深い野原の中に、小さい村がありました」とある村は、譲治の生まれ育った島田《しまだ》の光景です。「村の子」での「みんなは道具をおいて来て、村のランプのシンを織る工場のまえに集りました」とある工場は、譲治の父坪田《つぼた》平太郎《へいたろう》が創業した島田《しまだ》製織所という「ランプ芯《しん》工場」にあたり、小学校でのいたちのエピソードは、譲治の通った石井《いしい》小学校での思い出のなかにも登場するものです。また、「河童《かっぱ》の話」の平作《へいさく》や、「小川の葦《あし》」「お馬」「どろぼう」の甚七《じんしち》という名の老人が登場する作品は、譲治の父方の祖父平作と、母方の祖父甚七郎《じんしちろう》の思い出につながる話となっています。さらに、譲治の育った明治時代の岡山では、河童の存在や、狐《きつね》が人を化かすことなどが、普通《ふつう》に信じられていたといいます。「河童の話」でも河童が登場しますが、「小川の葦」や「村の子」にも、子供が帰ってこないときには、狐に化かされたんだろうと考えられ、「返せい、もどせい、あずき餅《もち》を三つやろう」と呼びまわっています。このように譲治の愛着のある少年時代の思い出は、おのずと昔話に通底する世界でもあり、のちに譲治が昔話の再話を手がけることにもつながったのでしょう。

また、もう一方の「子供を主人公にする」点から収録作品を見れば、まず正太、善太、三平という子供の名が多くの作品にくり返し登場している点が目につくでしょう。これについては、譲治自身も三人の子供をもつ父親ですが、これらの子供たちが自分であるのか、わが子たちであるのか、解らないものになって来ましたと述べているように、両者が溶《と》けあっているといえるでしょう。こうした子供の視点から子供に特有の繊細《せんさい》な内面の動きがリアルに表現されている点は、譲治の童話の最大の魅力《みりょく》です。そこには「雪という字」や「引《ひ》っ越《こ》し」、「母ちゃん」、「魔法《まほう》」のように子供らしい空想による幻想性《げんそうせい》や子供ならではの感覚も描《えが》かれますが、それらもすべて子供の心にとっての現実として、子供の心の真実を大切に表現したリアリズム童話といえるでしょう。

このような譲治の童話は、大人になってさまざまな逆境《ぎゃっきょう》に出会っても譲治自身を支《ささ》えた「幼時に知った幸福」の記憶《きおく》につながっており、そして子供たちが自由にのびのびと子供独自の世界に遊ぶことを願ってやまない譲治の心から生まれたものだといえるのです。

編集・坪田理基男／松谷みよ子／砂田　弘

画家・石倉欣二（いしくら　きんじ）
1937年愛媛県に生まれる。東京芸術大学卒業。『たなばたむかし』（第27回産経児童出版文化賞美術賞）、『おばあちゃんがいるといいのにな』（第1回日本絵本賞、第5回けんぶち絵本の里大賞）、アイヌの絵本『パヨカカムイ』（第6回日本絵本賞）、『空ゆく舟』（第16回赤い鳥さし絵賞）等、各賞を受賞。絵本の会『彗星』主宰。

装幀・稲川弘明
協力・赤い鳥の会

●本書は『坪田譲治全集（全12巻）』（新潮社）を定本として、現代の子どもたちに読みやすいよう新字、新仮名遣いにいたしました。
●現在、使用を控えている表記もありますが、作品のできた時代背景を考え、原文どおりとしました。

魔法　　坪田譲治名作選　NDC913　168p　22cm

2005年2月20日　第1刷発行
作　家　坪田譲治　　　画　家　石倉欣二
発行者　小峰紀雄
発行所　株式会社小峰書店　〒162-0066 東京都新宿区市谷台町4-15
☎03-3357-3521　FAX 03-3357-1027
http://www.komineshoten.co.jp/
組版／株式会社タイプアンドたいぽ　装幀印刷／株式会社三秀舎
本文印刷／株式会社厚徳社　製本／小高製本工業株式会社

ISBN4-338-20401-X